Éloge du mariage,
de l'engagement et autres folies

Christiane Singer

Éloge du mariage, de l'engagement et autres folies

Albin Michel

© Éditions Albin Michel S.A., 2000
22, rue Huyghens, 75014 Paris

www.albin-michel.fr

ISBN 2-226-11411-4

Pour Dorian et pour Raphael,
ces fils qui nous ont appris à aimer.

1

La traversée de l'impossible

J'ai quatre ans.

Nous venons d'entrer dans un immeuble insalubre, à Lyon, où mes grands-parents ont trouvé refuge depuis la fin de la guerre. C'est aujourd'hui que j'appelle ce logis un bouge. A l'époque où j'y pénètre avec mes parents et ma sœur, je suis sans jugement. Riche, pauvre ne sont pas des distinctions dont un enfant se préoccupe. Cette scène explose de vie ; elle est en moi aujourd'hui encore, comme la fraîcheur intacte des couleurs retrouvées par hasard dans le pli profond d'un rideau ancien. Tous mes sens la vivent. Débordement de gestes, de mouvements, d'embrassements, de phrases et d'injonctions entrecroisées. Mes tantes me palpent comme un fruit. Chambardements du ravissement et de l'effroi. Un oncle me jette dans les airs ! Tohu-bohu des retrouvailles d'après-guerre – éclats de voix qui déraillent dans les larmes. Tout cela se passe dans un couloir sombre. Quelqu'un apporte une chaise empaillée dont le tressis, comme étripé, pend sur les bords. C'est pour ma cousine Michèle qui venue de New York se trouve dans l'impossibilité physiologique de faire pipi dans le cabinet turc du premier étage. Toute cette agitation ne constitue que les prolégomènes de la scène qui vient.

Devant l'une des portes du palier, notre petite troupe devient silencieuse et avance désormais en soulevant les pattes comme les chats dans la neige. J'avance aussi, attentive à ne pas causer le moindre bruit. Les enfants ne doivent être éduqués que lorsqu'ils vivent au milieu de grandes personnes factices. Quand les situations sont fortes et vraies, ils adoptent sans tergiverser, dans leur tonalité propre, le registre des adultes. Je retiens mon souffle. Et la porte s'ouvre.

Je vois pour la première fois ma grand-mère. Je suis saisie.

C'est la vulnérabilité même qui nous accueille.

Sous ses cheveux d'argent, son visage décanté, épuré de toute blessure et de toute attente, laisse transparaître la lumière qui l'habite. Sa voix effleure, si délicate qu'on est obligé illico de s'inventer une oreille plus fine pour la recevoir ; et sa main frôle comme le délicat courant d'air d'une page tournée quand on vous lit un conte.

A son contact, une peau que je n'avais pas un instant plus tôt recouvre mes joues et mon front, frissonne.

J'ai quatre ans et je vais vivre quelque chose dont ce livre un demi-siècle plus tard est le fruit. « Les livres viennent de loin », dit Peter Handke. Et parfois même de si loin qu'on ne les voit pas approcher ni se tenir longtemps discrets, silencieux, sur le parvis de la mémoire, prêts à s'esquiver quand personne ne les remarque.

La petite troupe avance de quelques pas, soudée – les grands derrière les petits –, et s'arrête devant l'alcôve. Dans la pénombre et le désordre des draps, la tête léonine d'un vieillard endormi qui respire lourdement.

Tous murmurent, un souffle à peine : « Apa ! » Le chef de famille ! Celui qui ne doit surtout pas mourir avant d'avoir donné à tous sa bénédiction !

Ma grand-mère s'est assise sur le rebord du lit et parle tout bas, penché vers lui. Sans doute lui annonce-t-elle que « les enfants » sont là, le regardent. Mais son sommeil de grand malade est lourd. Il ne répond pas. Elle lui parle hongrois. Elle nous a oubliés. Elle est penchée sur lui comme sur un puits profond et son visage est transfiguré par ce qu'elle y voit. Jusqu'au plus profond. Jusqu'au lieu où tout est réconcilié, où les lions lèchent les yeux des biches où la vie et la mort se prennent dans les bras et pleurent en silence. Sa main s'est posée sur le front de son mari. Et dans le geste de l'épouse caressant le vieil homme endormi, ce geste lent, ardent, immémorial, l'enfant que je suis se perd.

Il n'y a pas eu de scène depuis en moi dont les contours soient mieux brûlés dans ma mémoire.

Même ma grand-mère m'en paraît absente.

Il n'y a que le geste, le geste dans sa merveille, le paraphe de lumière posé au bas d'un contrat invisible à tous.

Un geste à la racine de tous les gestes, de tout élan, et dont la vérité est si incandescente qu'il survivra à tous les brouillages, tous les désordres, tous les tumultes de ma vie. A toutes les trahisons.

Une perfection qui ne peut habiter en fin d'existence qu'un corps évidé, décapé, semblable à ces fragments de coquillage que l'abrasion du sable et la salure des vagues ont travaillés jusqu'à l'ultime transparence de la nacre.

Automne 1947. Au fond d'un taudis, derrière les charniers de la guerre, une vieille femme penchée vers son mari mourant m'a transmis un héritage.

Que cet héritage soit lourd et difficile à honorer n'est pas contestable.

Mais ce geste, ce geste qui sauve le monde de la barbarie et de l'indifférence, ce geste-là, qui le perpétuera sur cette terre si je n'ose pas à mon tour *la traversée de l'impossible* ?

Louer le mariage !

Louer le serment que se font deux êtres... de ne plus jamais changer d'avis... d'envie... de vie ! Existe-t-il serment plus mortifère ?

Qui oserait en pleine conscience lier sa vie à quelque personnage indéfini qui, de ses mille visages, n'en a montré qu'un, ou deux, tout au plus trois et ne connaît de toi que quelques balbutiements préliminaires ?

Marier l'une à l'autre deux mouvances, deux ébauches d'êtres ! Car ce n'est bien sûr pas de *personnes* qu'il s'agit mais d'élans, de devenirs, de vagues houleuses !

Si seulement tu savais toi-même qui tu es, qui tu héberges et qui t'habite, ce serait du moins un début.

Mais n'est-il pas plus honnête d'en convenir : celui ou celle que tu prétends être, et dont le nom est pour mémoire sur ta porte et tes papiers

14

d'identité, n'existe encore que de façon rudimen-
taire. Il est certain que les années t'accoucheront
de quelques-uns des démons et des anges qui
t'habitent et qu'il est aujourd'hui prématuré de
décliner ta propre identité. Comment répertorier
la troupe bigarrée qui te squattérise et où coha-
bitent sans pacifisme aucun les meilleurs et les
pires sujets ? Dix fois par jour ton humeur
change, tes envies, tes projets, tes craintes ! Le
voyage que tu rêvais d'entreprendre te ronge
d'angoisse depuis que les billets d'avion sont
dans ta poche. C'est de solitude que tu as envie
et de silence mais c'est vers la rue la plus peuplée
de la ville que t'entraînent tes pas. Tu te réveilles
en jurant d'écrire une lettre urgente. Deux semai-
nes passent avant que la mémoire de cette
urgence ne t'atteigne de nouveau en plein cœur.
Cet être que tu n'es qu'à l'essai, que tu ne connais
pas encore, qui te met dans des situations abo-
minables, t'embarque dans des mensonges quand
tu ne rêves que de transparence, te plonge tour
à tour dans l'amnésie ou l'obsession, te donne au
Sud la nostalgie du Nord, en voyage l'impatience
de rentrer, et chez toi le virus de la fuite, cet
inconnu qui vingt fois par jour t'arrache à ta
lucidité pour te plonger dans des abîmes de per-
plexité, cet écervelé qui te sépare de la profon-
deur dont tu as soif pour t'installer dans la bana-
lité que tu redoutes, qui grignote jusqu'au sang

les ailes qu'hier encore tu entendais bruire dans ton dos, ce... ce désaxé versatile qui fait régner en toi son ordre arbitraire voudrait se lier à un autre fou logé à la même enseigne que lui ? Tant de naïveté consterne !

J'exagère, dis-tu ?

J'oublie que tu aimes ?

Oui d'accord, mais comment ne pas sentir le vent de l'abîme dans la nature transitive du verbe aimer ? Celui qui aime... ? Celle qui aime... ? Comment ne pas sentir le vide qui bâille au bout de la phrase ? Qui aime qui ? Qui aime quoi ? L'autre n'est-il pas le produit fiévreux, sublime et généreux de ton imaginaire, de cette faim d'aimer qui t'a fait surgir au monde comme un jeune loup de sa tanière ? Faim de nourriture, faim de lumière, faim de mouvement, faim d'extase, faim d'herbes et de ronces et de délices folles ? Qui t'assure que cet être aimé restera celui que tu as cru apercevoir ? Quel visage te révélera-t-il dans une heure, un mois, un an, sept ans ? Le reconnaîtras-tu seulement à l'improviste dans la rue sous un autre manteau, un autre chapeau ?

Cet être que tu as sécrété, élaboré secrètement en toi comme l'araignée son fil, avec tant de douceur et d'obstination, résistera-t-il aux embruns du quotidien, au roulis des jours ? Et si en levant les yeux demain sur lui, tu n'allais plus rien déceler de ce qui hier ressemblait encore à lui ?

Et si la voix allait te manquer pour le dire et que tu te trouvais alors liée à un étranger ?

Et si tu rencontrais le même effroi qu'autrefois, enfant, lorsqu'à l'instant d'ouvrir les yeux, t'assaillait la peur de ne plus retrouver – après ton équipée nocturne –, parmi tous les corps endormis et épars, celui qui était encore hier le tien ?

Cauchemar. Une autre ville, une autre maison, un autre lit auprès d'une femme que tu ne reconnais plus pour la tienne, d'un homme qui n'est plus le tien... Et tous les bureaux de réclamations sont fermés, définitivement fermés. Et voilà que le cauchemar s'est fait vie – et qu'il te faut désormais vivre à côté de l'amour –, une existence à jamais asymptotique.

Cauchemar.

Coupez !

Oui mais alors ?

Comment s'engager dans un processus dont on ignore où il mène ?

Et si ce questionnement lui-même était abstrus ?

Imaginons un seul instant que le pouvoir nous soit octroyé de choisir notre père, notre mère, notre hérédité, notre caractère, notre visage.

Épouvante ! Mr. Hyde, Dr. Jekyll et Frankenstein penchés sur nos fonts baptismaux ! Nous hésiterions au seuil de la vie, occupés à bricoler nos identités factices, tandis que l'éternité moudrait son grain et ses révolutions sidérales.

Elle est burlesque, l'illusion d'avoir le choix !

Parmi des milliards de grains de pollen un seul ci et là porte fruit. Le miracle *c'est* déjà d'être là. Comme le miracle *est* déjà la rencontre d'un homme et d'une femme dans les dédales inextricables du temps et de l'espace. Elle fait bien les choses, cette vie fluide, insaisissable et frémissante qui opère ses choix sans tergiverser et retrouve ses aiguilles dans les bottes de foin de la création !

Dans chaque vraie rencontre, l'inespéré a lieu. Dans chaque amour, je réinstaure l'intégrité... de ce qui jusqu'alors n'avait pas existé. Je sauve le monde de l'inanité.

La vraie aventure de vie, le défi clair et haut n'est pas de fuir l'engagement mais de l'oser.

Libre n'est pas celui qui refuse de s'engager.

Libre est sans doute celui qui ayant regardé en face la nature de l'amour – ses abîmes, ses passages à vide et ses jubilations – sans illusions, se met en marche, décidé à en vivre coûte que coûte l'odyssée, à n'en refuser ni les naufrages ni le sacre, prêt à perdre plus qu'il ne croyait posséder et prêt à gagner pour finir ce qui n'est coté à aucune bourse : la promesse tenue, l'engagement honoré dans la traversée sans feintes d'une vie d'homme.

2

L'ours de Kleist

On ne peut pas nier que le non-engagement ait ses délices – et qu'il serait dommage de ne pas les avoir goûtées.

Il n'est que de suivre du regard au printemps le bourdon ivre de ses errances qui plonge dans les corolles, et en resurgit, barbouillé d'or, chancelant, languide, jamais repu.

L'intime et rutilante aberration du désir fend, froisse et déchire l'enveloppe, dilate l'être.

Mais si papillonnages, éparpillements, voltiges et voltes ont leur magie, ils ont aussi leur temps.

Le non-engagement ne fait problème que lorsque son temps est passé, outrepassé – et que nous croyons devoir à tout prix le prolonger sans remarquer que ce que nous prolongeons là n'est déjà plus du vivant.

Trop longtemps pratiqué, le non-engagement (en amour, en métier, en chemin de vie) rend léger, de plus en plus léger, inconsistant. Les graines que le vent emporte finissent par se prendre aux branches, aux buissons et par y pourrir. Seules celles qui, par on ne sait quel phénomène, se sont faites lourdes et tombent au sol, s'y enfoncent et germent.

Il fait passer insensiblement des délices ailées du vagabondage à la stérilité.

De tous temps, le même vœu hante les âmes fières : échapper à tout prix aux pièges d'une vie sordide, d'une existence qui tourne en rond, s'enlise. Tout, plutôt que le déclic d'une serrure dont quelqu'un tourne subrepticement la clef ! Tout plutôt que le piège !

Mais que le piège puisse aussi s'appeler « liberté », qui le soupçonne encore ? Lorsqu'elle est bafouée et victime d'un malentendu, lorsqu'elle est comprise comme l'abrogation de toute obligation, de tout engagement, de toute relation profonde, la pseudo-liberté mène droit à l'entropie, au désenchantement et à la mort. Seule la puissance des limites fait que l'esprit se cabre, s'enflamme, s'élève au-dessus de lui-même.

Devant une toile immense dont il ne verrait pas les bords, tout peintre aussi génial fût-il baisserait les bras. C'est la restriction de la toile, sa limitation même qui exaltent ses pinceaux.

La liberté vit de la puissance des limites. Elle

est ce jeu ardent, cette immense respiration à l'intérieur des limites.

Sans la frontière que lui imposent les côtes et les falaises, l'océan noierait la terre et irait se perdre en trombes dans l'infini comme l'eau qui s'écoule d'une outre crevée.

Dieu interroge Job : « Qui enferma la mer à deux battants ? Qui dessina pour elle ses limites en plaçant portes et verrous ? »

La restriction même de l'espace océanique permet la surgie des continents, l'avènement de la vie.

En marquant les frontières, l'homme, à l'exemple de Dieu et de son geste fondateur « jusqu'ici et pas plus loin ! », consacre un espace, dégage de l'informe une enclave habitable, renouvelle l'acte premier, l'expérience religieuse à l'origine de toute société humaine : il fonde un monde pour pouvoir y vivre.

A se contenter trop longtemps de relations amoureuses sans lien et sans obligation réciproque, l'âme s'étiole. Le châtiment d'une sexualité émiettée, disséminée, morcelée n'est pas d'ordre moral. Laissons au victorianisme son arsenal punitif. Ce n'est pas notre vertu que nous perdons. C'est la vie elle-même avec ses couleurs, ses saveurs, ses empoignades, ses épreuves, ses paradoxes échevelés, son intime gloire et son désastre secret. Sans parole donnée, sans dette honorée, ce ne sont pour finir que des figurants, des fantômes qui s'accouplent. Et quand l'un prend peur et se met à appeler, il n'y a plus personne pour l'entendre. Le chapiteau est vide, les feux éteints.

Si le mariage n'était que l'union d'un homme et d'une femme, il ne pèserait pas lourd. Car il existe aussi un sinistre enfermement du couple, des variations multiples d'égoïsme ou d'autisme à deux.

Ce qui rend le mariage si fort et si indestructible, c'est qu'il réunit un homme et une femme autour d'un projet.

D'un projet fou.

Souvent voué à l'infortune.

D'un défi quasi impossible à réaliser et impérieux à oser.

Le drame serait de ne pas tenter l'impossible, de rester, une vie entière, à la mesure de ce qu'on peut.

Que cet état soit difficile à vivre, exigeant et inconfortable, qui le contestera ?

L'état d'amitié, par exemple, comparé à celui du mariage, a aussi ses fluctuations. Mais leur amplitude est sans comparaison. Nulle part la houle n'est aussi forte, aussi éprouvante qu'entre époux. En amitié, l'habileté à faire souffrir est modeste – le confort, assuré, souvent idyllique.

En mariage, l'*autre* me confronte aux limites de mon être. Avec une ingéniosité étonnante, déjouant tous les gardiens, il s'introduit dans les coulisses. Il ne lui suffit pas de me voir me produire en scène, tenir ma part tant bien que mal, livrer mon quota de vie diurne et montrable, il lui faut s'introduire dans la loge, là où poudre et sueur se mêlent, où la vulnérabilité est à son nadir, où l'enfant des profondeurs à l'abri des regards, épuisé, las, se recroqueville. A l'instant même où monte aux lèvres la plainte « Surtout pas maintenant, oh non ! », l'*autre* a déjà le pied dans la porte.

Avec une sûreté somnambulique, si l'heure est à la confrontation, il mettra son doigt sur la plaie, aussi secrète soit-elle, ignorée jusqu'alors peut-être de celui même qui la porte.

D'où lui vient cette indépassable dextérité ? Par quelle prodige l'*autre* a-t-il ainsi accès à la chambre secrète ?

C'est l'ours de Kleist qui connaît la réponse. Dans une nouvelle, « Le montreur de marionnettes », est narrée en bref épisode la visite d'un baron dans un château de Slovénie où vit son ami de jeunesse. Les trois fils de son hôte, passionnés de fleuret, ont vite fait de découvrir en lui une fine lame et le prient de se mesurer à chacun d'eux. Lorsque le plus jeune se voit à son tour contraint de s'incliner devant l'indiscutable prééminence du baron, il lui suggère en riant de l'accompagner dans une grange.

« Vous trouverez là plus fort que vous ! » lui dit-il.

Un gros ours des Carpates est enchaîné à un pilier et visiblement accoutumé à ces visites.

« C'est notre maître à tous, dit le benjamin, faites assaut et jugez-en ! »

Et voilà que s'engage entre le baron qui commence de jouer du fleuret et l'ours un échange inégal, car si, à chaque attaque, l'ours riposte de sa patte levée, aucune feinte par contre ne le fait ciller. Il perçoit à la racine même du geste la trajectoire qu'il va ou non tracer, distingue du coup porté la passe qui n'est que ruse. Il ne pare que les attaques, ne riposte qu'à chaud, ne va qu'à l'essentiel. Aussi, l'économie de ses mouvements est si extrême qu'elle entraîne vite le découragement de l'adversaire.

Cette scène représente pour moi l'illustration la plus subtile de ce qui se passe entre époux.

La communication ne se joue pas dans l'adresse des moulinets, des parades et des voltes, dans le brio de l'escrimeur. Elle se joue entière dans les entrailles.

Les époux sont reliés par les entrailles – comme l'ours et le baron. Le détour par les volutes du cerveau n'est qu'accessoire, sans conséquence.

Si chaque coup fait mouche, c'est que le lieu d'où part le mouvement n'est pas accessible à la manipulation.

L'instinct de l'ours opère ce puissant phénomène.

Dans le cas des époux c'est l'intimité des corps et des vies, les nuits et les jours partagés, qui donnent accès à la vérité de l'autre.

A mêler leurs souffles et leurs sucs, l'homme et la femme se livrent l'un à l'autre – corps et âme – au-delà et en deçà de tout ce qu'ils peuvent imaginer. Si l'autre – ce *hic*, cet *ille*, cet *ipse* – me montre sans cesse mes limites, trouve aussitôt les sutures dans l'armure, m'arrache à ma superbe, à mes retranchements – c'est qu'il *me connaît* – au sens biblique du terme. Il a tout naturellement accès à l'*être qui me fonde*. Il évolue dans ma forteresse intérieure, s'oriente sans hésitation dans des perspectives à la Piranèse. A travers les volées de marches et les dédales, c'est tout droit à la blessure qu'il va, à la blessure ou au placard de Barbe-Bleue. A tout ce qu'au prix même de ma vie, je suis prêt à défendre – aussi longtemps du moins que je tente d'ignorer les lois de l'âme. Car seule la confrontation avec mes blessures, seule l'effraction des placards – dans une souffrance qui somme toute n'est pas pire que celle que j'endure à enfouir et à nier ! – sont en mesure de me délivrer.

Cruellement, en apparence, et avec une intuition souveraine, l'*autre* (j'ose dire à son insu même) travaille à ma délivrance ! Car le lieu d'où partent ses appels et ses assauts est celui de la prescience absolue : tout flux de vie est entravé par la souffrance et les entraves préjudiciables à la rencontre dans l'essentiel doivent être à tout prix dénouées.

Ce qui rend le mariage si lumineux et si cruellement thérapeutique, c'est qu'il est la seule relation qui mette véritablement au travail.

Toutes les autres relations aventureuses et amicales permettent les délices de la feinte, de l'esquive, de la volte-face et de l'enjouement.

Obstiné, têtu, doté d'une tête chercheuse que rien ne distrait de son but, le mariage n'est rien d'autre que la quête en chacun de sa vérité. Il fait expérimenter la relation réelle, vivante, celle qui n'esquive rien.

Car mieux vaut encore mettre l'autre à dure épreuve que lui manifester une bienveillance de bon aloi qui n'engage à rien. A partir de cette authenticité qui provoque, écorche et dérange, le chemin mène au mystère de l'être. La relation falote, tout occupée à éviter la friction, mène, elle, au néant.

Il est bien entendu que tout ce que je tente d'esquisser ici a ses limites et qu'il n'est pas question par d'autres voies détournées d'introduire des dogmes ou des lois, des culpabilités neuves.

Je n'ignore pas que certaines unions sont des débâcles, des terres brûlées, des no man's land et que chaque histoire a une unicité devant laquelle il faut s'incliner.

Il peut même advenir que le courage de la rupture soit le geste salvateur !

Ce que je tente d'exprimer est autre chose encore : les épreuves ne sont pas en mariage le signe qu'il faut clore l'aventure mais souvent, bien au contraire, qu'il devient passionnant de la poursuivre.

3

Le serment du prince

Il y avait un temps où seuls les mérites donnaient la légitimité du pouvoir. Au temps de cette histoire. Un roi mit ses trois fils à l'épreuve pour découvrir lequel était digne du trône.

Allez, leur dit-il, car un roi sans reine n'est qu'un pauvre hère et trouvez l'épouse qui portera couronne avec vous.

Avant que l'aube ne se lève, les trois frères sont déjà lancés au grand galop et hument le vent.

Une semaine est à peine écoulée que le premier revient en grande pompe avec trois mille chameaux chargés d'or et d'argent et la princesse du royaume voisin.

Ayant appris par la rumeur publique le succès de son aîné, le second mise sur les qualités de l'esprit et ramène au palais de son père une poétesse célèbre pour ses élégies et sa beauté.

Rassurés sur le destin des deux premiers, c'est le troisième fils que nous suivrons désormais à la trace car le plus fin limier ne peut être à l'affût de plus d'un gibier à la fois.

Notre prince monté sur un alezan poussif et bien croupé ne tarde pas à poursuivre son chemin à pied : son instinct l'entraîne où un homme à cheval ne passe pas, au travers des taillis et des sous-bois, par-delà les marais, les ronces et les torrents.

Après de longs jours passés dans l'obscurité verte de la forêt, il débouche dans une contrée défrichée aux champs soigneusement labourés entre les haies.

A peine a-t-il eu le temps de s'interroger sur ce pays et ses habitants qu'une horde de singes se jette sur lui et l'entraîne plus mort que vif dans les geôles d'une grande bâtisse qui semble un palais.

Après quelques jours de captivité et d'intense observation à la lucarne de sa geôle, il s'aperçoit que cet étrange pays est habité de créatures fort besogneuses, habiles de leurs mains et qui agissent en tout comme des hommes – à la seule différence que leur langage n'est constitué que de cris aigus, de jappements, de ricanements et de grognements. Quelques êtres humains se trouvent néanmoins mêlés à leur troupe – de toute évidence, des prisonniers comme lui-même.

S'enfuir paraît impossible, vu l'extrême vigilance des geôliers. Le prince sait trop bien que si on peut tromper l'attention des hommes, celle des bêtes ne se laisse pas déjouer.

Une nuit, alors qu'il commence vraiment de désespérer, lui parvient le murmure d'une voix de femme :

« Prince, accepteriez-vous de m'épouser ? »

Il croit d'abord à un rêve, ou à une hallucination – mais comme, nuit après nuit, la voix se refait entendre et répète à mezza voce la même phrase, il doit se plier à l'évidence qu'il a affaire à une femme. Et quelle femme ! Le timbre de sa voix est le plus envoûtant qu'il ait jamais entendu, à la fois familier et étrange, doux et rauque. Un froissement de failles qui lève en lui des mémoires anciennes et le fait pleurer. Il s'éprend si profondément de celle qui lui parle qu'il finit une nuit par répondre :

« Oui, je suis prêt. »

Quand il a dit ces mots, il sent qu'un sceau brûlant est apposé sur son cœur.

Le lendemain, des gardiens viennent le chercher, le laver, le parer richement et le ceindre comme il est d'usage pour un époux.

On l'amène au palais dans la salle de cérémonie qui croule sous les magnolias et les lis. Tout est préparé pour des noces. Un prêtre et deux témoins se tiennent là. Et sous un dais criblé d'étoiles une svelte silhouette l'attend dissimulée sous d'épais voiles.

La cérémonie se déroule comme le veut la tradition – et à l'instant où, pour prononcer les mots qu'on attend d'elle, la fiancée écarte les dentelles, le sang du prince se glace. C'est à une guenon qu'appartient cette voix enchanteresse !

Un instant, tout en lui n'est qu'épouvante et fuite, puis il se reprend : « J'ai fait serment de l'épouser. »

Il avance d'un pas et, vidé de sang, blême, appose son seing sous le contrat.

Aussitôt la guenon se métamorphose en femme.

Et cette femme est si belle que la création entière avec ses étoiles et ses oiseaux et ses nuages n'est plus qu'un écrin destiné à la mettre en valeur.

Le jeune homme tombe à genoux.

« Mon prince, lui dit-elle, nous sommes tous ici des êtres humains pris sous le joug d'une malédiction que nous valut notre inconstance – et nous attendions notre libération de la source de toute délivrance . la fidélité d'un homme à sa parole donnée. »

Le soulagement du roi au retour de ce fils qu'il a cru mort et disparu et sa joie à écouter le récit de son épopée ne se peuvent décrire.

Et quand, devant la cour réunie, le vieux souverain prend la parole pour dire : « De tous les joyaux de cette terre, la loyauté et la fidélité sont les plus précieux. Que le trône revienne de droit à celui qui, dans la pire épreuve, a tenu son serment ne surprendra personne », on aurait entendu un duvet de cygne voleter.

Car aucun cœur n'est assez endurci pour ignorer que, depuis le début des temps, l'espoir des mondes créés repose tout entier sur l'homme et la femme qui se gardent fidélité au cœur même des naufrages et de la mort.

Le serment !

Voilà un mot ancien qui sonne fier, j'en conviens, mais qui n'est plus d'usage, comme il n'est plus d'usage de voir la vie tel un chemin initiatique émaillé de stations et comme il n'est plus d'usage de s'orienter en tous lieux selon les points cardinaux.

Oui.

Et pourtant les points cardinaux persistent en leur lieu et place que nous entretenions ou non avec eux une relation et notre vie est parcours initiatique que nous en ayons conscience ou non et le serment brisé pèse sur nos vies comme sur le toit de nos maisons la couronne d'un grand marronnier décapité par la tempête. Ce n'est pas un sujet dont il y ait à débattre. Un sujet d'opinion. C'est un fait. Et plus j'en accepte l'évidence, plus je peux commencer de considérer les dégâts causés avant que tout ne soit détérioré et qu'il se mette à pleuvoir dans les chambres. Ce n'est pas de lois morales qu'il s'agit mais de lois ontologiques. Nier le sinistre met ma vie en danger.

Il est temps de reprendre conscience de ce qui fonde la Vie, de ce qui ne dépend aucunement de nous, de ce soubassement que n'ébranlent ni les systèmes de pensée, ni les régimes politiques, ni les révolutions, ni les civilisations mêmes – et qui reste inchangé et inaltéré qu'on l'honore ou qu'on l'ignore.

Combien de vérités supporte la fragile âme humaine ? s'interrogeait avec aménité le biologiste Jean Rostand.

Sommes-nous tous ces mourants auxquels leurs proches croient devoir cacher l'imminence de leur fin ? Le mensonge et les chuchotis échangés devant la porte du malade par une famille soudain lâche ne sont-ils pas indignes de notre soif de vie dont la mort n'est qu'une épisode ?

Les lois existent.

Les lois de l'être.

Pourquoi nous faire croire par de faux et pervers ménagements que les pas que nous posons sur cette terre ne nous engagent à rien, que nos actes n'ont pas d'ombre portée ?

Elles existent, les lois de l'être. Ces lois qui disposent les pétales autour du cœur silencieux de la rose, ces lois qui couchent les petits pois dans leurs cosses translucides. Ces lois qui rythment la pulsion des sèves dans les racines et dans les fûts. Ces lois qui « nouent les liens des Pléiades, attachent les cordages de l'Orion », et fixent la trajectoire des planètes. Elles existent, ces lois qui tissent à l'enfant sa tunique de peau dans le ventre de sa mère. Ces lois qui forment entre père, mère et enfant des liens indestructibles que ni la haine, ni la séparation, ni même l'amour n'atteignent de leurs flèches.

Ces lois existent, qui lient les amants, les époux l'un à l'autre s'ils ont une fois baigné dans la lumière du sacre et de l'être, en dépit de leurs querelles, de leurs séparations et de leurs divorces, quoi qu'ils fassent, quoi qu'ils entreprennent et quoi qu'ils en pensent. Elles existent ces lois. Elles respirent avec nous.

Il y a aujourd'hui un irrespect de l'engagement qui fige la moelle dans les os.

Entrer au service de la vie est un devoir d'honneur.

Mais qui a songé à le dire ? A dire aux époux qu'ils partent sans ticket de retour pour une odyssée et que le voyage va aussi les mener à travers des forêts sombres, des steppes désertiques ? et qu'ils vont connaître la lassitude, la sensation de se devenir étrangers l'un à l'autre et à soi-même ? qu'ils traverseront des contrées dont la langue leur sera inconnue et où tout ce qu'ils auront appris ne servira de rien ? et qu'il y aura des moments peut-être où ils seront plus seuls – ensemble – que seul, par une nuit d'orage, au bout d'une digue battue par les vagues ? Qui a songé à leur dire qu'une seule chose les portera : *la fidélité à leur plus haute espérance* – à ce qui leur a été donné de pressentir en l'instant où *ils ont le plus aimé* ! Qu'ils sachent que cette folie-là, cette fulgurance, cette clairvoyance qui n'aura peut-être duré que le temps de battre des cils est pourtant le seul roc sur lequel se construit une vie, et qu'il n'est de fidélité qu'à cette folie – parce qu'elle seule est à la (dé)mesure de l'amour.

Quand je laisse se dérouler devant moi tous les cortèges des noces auxquelles j'ai été conviée ces dernières décennies et dont je sais qu'un divorce les a depuis dispersées – comme une intempérie brusque fait s'enfuir en tous sens, une main sur le rebord de leur chapeau, les personnes qui les composaient –, une grande tristesse est en moi. Pas l'ombre d'un jugement. Une sensation de découragement, d'impuissance, que j'ose comparer à celle qui m'assaille, à la mort d'un enfant – là où la vie n'a pas reçu jusqu'au bout sa chance !

Une promenade hier à travers le verger m'éclaire. C'est l'hiver et tous les arbres fruitiers sont plus semblables à de grands balais de bruyère, le manche fiché au sol, qu'à ce que nos yeux nomment un arbre. Celui qui céderait à la logique des sens, à l'impulsion d'un robuste réalisme constaterait que la vie a quitté ces arbres et donnerait l'ordre de les abattre. Il n'apprendrait jamais que les lois de la nature ont prévu quelque chose d'invraisemblable, de déraisonnable et d'inespéré connu sous le nom de « printemps » – et que ces arbres morts vont un jour proche se couvrir de bourgeons, de feuilles et de fleurs.

Personne ne m'ôtera de l'esprit qu'il en est ainsi des relations qui nous unissent et que nous scions à la base parce que nous les croyons mortes. Cinq jours de patience, un mois – ou vingt ans – et nous aurions assisté à un prodige : la loi rigoureuse du « meurs et renais ».

Mon désarroi persiste, résonne loin.

Cinquante, cent, deux cents témoins – j'en étais – ont entendu les jeunes époux prêter serment : Pour le meilleur et pour le pire... Une seule chair...

Où sont-ils allés ces mots ?

Les avons-nous seulement entendus ? Sommes-nous tous si morts sous nos apparences trompeuses de vivants et de citoyens que nous ne faisons plus de différence entre une porte de limousine claquée et un serment ? Les mots sont-ils si nécrosés sous la croûte des insignifiances,

43

des glapissements, des grognements que nous ne les entendons plus ? Ont-ils comme les fruits des supermarchés perdu leur saveur, leur énergie vitale, leur rayonnement et leur pouvoir nourricier ? Ou attendent-ils de nous leur salut ?

Ce qui me taraude n'est pas le fait qu'un homme et une femme n'aient pas tenu le serment qu'ils s'étaient fait. Cet espace-là est le leur, laissons-le à l'abri de tout regard inquisiteur.

Ce qui me taraude, c'est que j'étais présente, que nous étions présents ! Étais-je présente ? Étions-nous présents ?

Et de quelle présence étions-nous là ? Avons-nous seulement porté haut leur espérance ? Avons-nous cru en eux ? Avons-nous été avec eux ensemble cette *sangha*, cette assemblée des vivants – cette communauté qui soutient et porte la bénédiction ?

Les jeunes époux percevaient-ils derrière eux la *shimra* – « l'assemblée de leurs parents, de leurs amis sous la main de Dieu » ? Étaient-ils comme de jeunes arbres qui sentent partout à l'entour l'immense respiration de la forêt, le silence immémorial qui les tient, les enracine, les élance vers le ciel, leur apprend à porter couronne, à soutenir un jour le ciel ? N'est-ce pas cette présence qui leur a manqué ? N'est-ce pas ce champ de conscience collectif qui s'est effondré dans leur dos comme une voûte ?

44

Savions-nous seulement de quoi nous étions les témoins et les garants ?

Avions-nous assez fomenté ensemble la haute conspiration de l'amour et de la loyauté ? Ou étions-nous venus là comme à un dîner en ville ?

Qui avait tissé le filet qui les retiendrait en cas de faux mouvement, en cas de chute ?

Ne les ai-je pas laissés aller ces jeunes époux vers leur destin ?

Sans une prière.

Sans une bénédiction.

Quand j'y repense, j'ai honte.

Cette nuit j'ai rêvé de noces qui dureraient longtemps – et où chacun apporterait un cadeau singulier : du temps.

Et lors de grands silences dont les agapes et les chants et les danses seraient émaillés, un membre de l'assemblée après l'autre – un parent, un ami, une personne âgée, un enfant – se lèverait et dirait un mot, un seul, du plus profond de son être... et chaque mot serait comme une pierre jetée dans l'étang et le frisson parti du centre irait en cercles amples et lents jusqu'au rivage des consciences.

Ce serait chaque fois comme si ce mot venait d'être dit pour la première fois et créait en chacun une aube.

Ainsi personne n'oublierait.

4

Musée Grévin

La mariée est belle, très belle. Et pour la garder comme elle est, il y a une possibilité – une. Ou, du moins, c'est la seule que je connaisse.

Dans un château voisin, le guide raconte toujours la même histoire et il a raison car c'est une histoire assez terrible pour qu'on ne s'en lasse pas. Et ce que je goûte dans cette histoire, c'est qu'elle décrit un drame sans l'ombre d'un coupable – un drame dont le classicisme est sans bavure et qui en somme s'autoféconde comme une orchidée.

Le jour des noces entre Aliocha, le fils aîné d'une famille de vieille noblesse de Silésie, et Inès, la plus jeune fille du comte C., l'émoi règne au château de Nimac, une des plus belles forteresses de Moravie, fief de la famille depuis six cents ans.

Tout le jour durant et de tous les horizons, les parents et les amis affluent ; et les domestiques en livrée, au signal du majordome dont les gestes vifs, élégants et précis sont ceux d'un chef d'orchestre, se passent de main en main les lourdes valises et les mallettes de brocart, à la manière des maçons qui font la chaîne, reliant de leurs longues files les carrosses arrêtés devant le péristyle et l'escalier monumental du vestibule.

Dans le boudoir des appartements de sa mère, au second étage, entourée de trois de ses tantes, de sa nounou qui lui caresse la main et d'une demi-douzaine de servantes, Inès rayonne de cette beauté des jeunes mariées qui n'est à proprement parler celle de *personne* et que sécrètent de mystérieuse façon l'attente et l'émerveillement de tous.

Chaque fois que la porte s'entrouvre, des grappes agglutinées de cousins et de cousines, de tantes et de parentes lointaines s'exclament tout haut et vont à l'entour essaimer la nouvelle qu'il n'y eut jamais une mariée plus belle !

Les femmes autour d'elle s'affairent. L'une immisce entre ses lèvres un sucre imbibé d'alcool de menthe, l'autre l'oint dans le creux de l'oreille d'une huile dont elle vante les propriétés, la troisième fixe dans ses cheveux la couronne de fleurs à l'aide de longues épingles hérissées d'ailes diaphanes, et aussi inquiétantes à manier que superbes d'effet, une autre assouplit entre ses mains un des escarpins de velours dont Inès s'est un

peu plainte. C'est autour d'elle un ballet incessant d'allées-venues comme celui que tisse autour
de la reine son peuple d'abeilles.

Un moment avant qu'elle ne soit emmenée, la
jeune fille demande qu'on veuille bien la laisser
se retirer dans sa chambre – un seul petit instant,
se recueillir avant qu'on ne fixe les cascades de
dentelles de son voile.

Elle s'ébroue comme une chatte qui a eu son
compte d'attouchements – et, se saisissant de ses
jupes qu'elle soulève d'un geste preste, voilà
qu'elle vire sur ses talons et s'éloigne en courant ·

La voix de sa nounou « Ne cours pas ! Veille
à ta couronne », un rire perlé, et la plus gracile,
la plus gracieuse des silhouettes va disparaître
entre les colonnades de l'interminable corridor.

Voilà aussi loin que l'on puisse l'accompagner.
Ce qui va suivre n'est aussi impitoyable que parce
que précisément rien ne va suivre. Rien.

Le fil casse.

Dans sa chambre où on la cherche d'abord,
nulle trace – ni dans la chapelle attenante, ni dans
son boudoir, ni dans toutes les pièces de cette
aile du bâtiment.

Ni nulle part ailleurs dans le château.

On commence d'abord de chercher en silence.
Longtemps.

Puis en appelant son nom. Longtemps.

Puis à grands cris.

De toutes parts, jusqu'au bout du parc, jusqu'à l'étang, jusqu'à la lisière des forêts.

Puis au lieu d'appeler, certains ont commencé de prier.

On a de plus en plus froid.

La nuit est tombée.

Longtemps les violons tziganes engagés pour les noces ont continué de jouer entre les grands arbres du parc – d'abord pour que le temps passe – puis pour accompagner l'effervescence générale et puis pour porter le monde qui s'effondre peu à peu. On reprend, on varie à l'infini ces grands phrasés sublimes et ardents qui martèlent le cœur des hommes comme tout un troupeau de chevaux sauvages lâchés sur les terres d'Europe centrale. De ces chants qui ne connaissent pas de frontière entre les explosions de joie et l'explosion de la détresse – ces chants qui mettent la chair à vif – parce qu'ils réveillent en chacun la mémoire soigneusement enfouie *qu'il n'existe pas de frontière entre joie et détresse*, que l'une coule dans l'autre comme aux grands estuaires sauvages le fleuve dans la mer et la mer dans le fleuve. Et c'est pour refouler cette terrifiante évidence que les hommes inventent des lois et des civilisations et lèvent des armées, font des guerres ou alors se cramponnent à la science comme, dans le noir, les enfants à leur nounou.

Et les tziganes jouent jusqu'à ce que le comte et la comtesse C. leur demandent de s'éloigner pour pouvoir pleurer en paix.

Inès a disparu.

La nuit est tombée et dans l'obscurité s'ébranlent les premiers carrosses.

Quatre ans plus tard, Aliocha épouse la deuxième fille du comte C. Dans l'intimité la plus stricte.

Et les années passent.

Et la vie de tous fait un grand détour autour de cette tache blanche semblable à un œil blanc dans un visage.

Et désormais plus personne n'en parle à voix haute.

Et viennent les guerres, les avalanches d'horreurs qui recouvrent les vieilles mémoires. Les châteaux perdent leurs maîtres et sont comme des chiens abandonnés, apeurés, le flanc creux pour esquiver les coups de pied.

Dans les années soixante, le gouvernement communiste décide d'aménager ce domaine en résidence d'État.

Un jeune apprenti maçon s'appuie par inadvertance à l'angle d'un claveau. La voûture tremble entre les pilastres et voilà que s'entrouvre tout un pan de mur et, avant qu'il sache de quoi il en retourne, il aperçoit dans le réduit qui se révèle à lui une mariée adossée au mur dans un flot de failles immaculées. Réalité aussitôt dissoute par l'air qui pénètre l'antre jusqu'alors hermétiquement clos.

Cette pièce secrète qu'Inès était seule à connaître et où elle venait à n'en pas douter filer ses secrets de jeune fille s'était cette fois-là – par le jeu d'un mécanisme diabolique – refermée sur elle.

Comment disions-nous au tout début ?

Pour garder la mariée belle, très belle, il n'y a qu'une possibilité. Une. C'est du moins la seule que je connaisse.

L'emmurer vive au jour de ses noces.

Souvent dans mon entourage on me reproche d'exagérer.

Mais dans ce cas précis, je suis en dessous de la vérité.

Ce que certains de nos contemporains appellent mariage n'est qu'une anomalie notoire qu'a produite l'Occident.

La relation à la mort s'étant de plus en plus détériorée avec l'idéologie bourgeoise, on a commencé d'utiliser des techniques qui servaient dans d'autres civilisations au culte des morts – ainsi la momification, la dessiccation, l'embaumement – pour conserver les vivants. Et l'un des champs d'expérimentation les plus répandus et les plus gratifiants pour réduire la vie au strict minimum sans avoir néanmoins à la quitter tout à fait, a été longtemps le mariage.

Beaucoup ont cru qu'un bon mariage était la promesse échangée qu'il ne se passerait plus rien ni pour l'un ni pour l'autre.

Une mini-dépendance du musée Grévin pour laquelle il n'est pas exclu de recevoir des subventions de l'État – car, avec trois ou quatre goûters d'anniversaire et quelques jours de fête de fin d'année, l'affluence des visiteurs est trop minimale pour que l'affaire puisse s'autofinancer.

Surtout ne pas bouger, ne pas respirer, ne pas regarder à droite ni à gauche, et l'effet serait parfait.

Il existe des époux-fossiles comme il existe des croyants-fossiles. Ce sont ceux qui attendent de l'institution du mariage comme de l'institution de l'Église qu'elles les protègent des désordres de l'amour et de la foi.

Cette tentative désespérée de garder au monde la lumière originelle de l'éclair tout en désamorçant le danger mortel aurait quelque chose de presque émouvant si elle ne prétendait y parvenir vraiment !

L'institution qui maintient l'éclair sous cloche, le garde vissé sous un reliquaire, le défend comme un butin de rapt, se rend coupable envers la vie. L'espérance que la fulgurance même puisse se conserver est la racine du drame. Comme si le feu du ciel pouvait tenir sous un couvercle de tabernacle ! Et sous un globe de verre, telle une couronne de mariée, le flambeau de l'amour ! Comme s'ils pouvaient perdurer ailleurs que dans le cœur incendié des hommes et des femmes vivants ! Quand le mariage ne laisse pas les vents fous de la vie et du renouveau l'ébranler, quand l'Église ne se laisse pas décoiffer par les séismes salvateurs de l'expérience mystique, ils deviennent royaumes des morts.

Livré corps et âme à l'institution, le mariage perd son philtre mortel et son nectar. Épouillé, désinfecté, vacciné, mis sous vide, il ne fermentera pas, ne connaîtra pas le haut processus de distillation qui au travers des moûts et des mélasses rejoint à l'autre bout de l'alambic, l'or des alcools précieux.

Si l'institution est aussi férocement mortifère, c'est parce qu'elle redoute la mutation, lutte contre elle et œuvre par là même contre la nature de la vie qui n'est qu'incessante métamorphose. Toute institution finit tôt ou tard par noyer l'enfant de l'amour dans l'eau croupie du bain.

La seule manière que nous ayons d'honorer la vie est d'oser l'aborder de neuf chaque jour sans la grever de nos attentes – oser l'unicité du jour neuf !

Car la débâcle ne vient-elle pas de notre attachement à telle ou telle forme qu'a prise l'amour à un moment de notre vie – le plus souvent à son tout début – et de notre désir de la conserver telle à tout prix ?

Or l'esprit est pure fluidité.

Il ne cesse de passer d'une forme à l'autre, disparaît là, surgit ici, imprévu, vif-argent, où nous ne l'attendions pas – et les formes anciennes auxquelles nous nous cramponnons sont précisément celles qu'il a quittées depuis longtemps !

Aussi faisons-nous toute une vie le pied de grue devant la maison délaissée par le (la) bien-aimé(e) quand, à quelques rues de là, elle (il) nous attend en vain, chaque jour, à un nouveau balcon !

Pitié pour ceux qui se marient pour être heureux.

Pitié pour ceux qui, par malheur, seront trop longtemps heureux de ce bonheur anodin qu'on leur souhaite au jour de leurs noces – trop longtemps amoureux de l'amour inoffensif des lunes de miel !

Pitié pour ceux qui seront trop longtemps

photogéniques et présentables comme au jour de leurs noces !

Elles sont froides, les cages de verre quand la lumière des vitrines s'éteint !

Le mariage a pour nous d'autres ambitions.

Le mariage ne nous veut pas présentables, il nous veut vivants ! – et il nous fera perdre la face jusqu'à ce que, sous nos masques, apparaissent nos vrais visages.

Je n'oublie pas le récit que me fit mon amie et guide H.G. de son entrevue avec Mukta-nanda.

Une crise profonde secouait cette épouse et mère de trois enfants et lui infligeait les symptô-mes de toutes les maladies imaginables.

Ayant demandé longtemps à rencontrer le Maître, elle eut un matin la satisfaction d'appren-dre qu'il l'attendait.

Elle s'empressa de lui exposer toutes les angoisses qu'elle éprouvait dans son âme et dans son corps et de lui demander conseil.

Il l'écouta attentivement et murmura en guise de réponse une phrase sibylline qu'elle dut lui faire répéter.

C'était : « Are you afraid to die ? »

Avec ces mots, d'un geste de la main, il termina leur entretien.

Quand on s'engage dans une sacrée aventure
– et dans une aventure sacrée – l'hypocondrie
n'est plus de saison.

« Avez-vous peur de mourir ? »

Le risque est total. Simplement.

Limpide et total.

5

La prima materia

Un beau jour, une question anodine est parvenue à tes oreilles : serais-tu d'accord pour prendre soin d'un tout petit espace de ce monde ?

Tu étais alors dans l'orbe d'un grand amour.

Tu as dit oui.

« Puisque je me chauffe au soleil, puisque je mange les fruits et le pain de la terre, c'est bien la moindre des choses que j'aide aussi à mettre la table et à desservir ! »

Oui. Mais dès que tu as dit ça, tu t'aperçois qu'il ne s'agit pas seulement de mettre la table et de la desservir, mais aussi d'aider la vigne à pousser, de semer le blé et de l'encourager à grandir, de couper le bois et de faire le feu. Ce n'est pas une aide du dimanche qui t'est demandée – mais une aide du lundi et du mardi et de tous les jours de l'année.

Bon, c'est toujours d'accord !

Oserais-tu vivre en parasite, en écornifleur, en

écumeur de marmite ? Oserais-tu vivre aux cro-chets de la Vie ? Pas question ! Tu as dit oui.

Mais voilà que cette toute petite enclave dont tu as accepté de te charger s'est transformée.

Elle n'est plus seulement le socle richement ornementé où se tenait debout celle ou celui que tu aimes.

C'est déjà tout un jardin où les enfants courent entre les arbres fruitiers et les rais de lumière vibrants de moucherons et de poussière. Et à peine es-tu revenu(e) de ta surprise que c'est déjà devant toi tout un royaume avec ses ministres, ses reines mères, ses vieillards, ses jardiniers, ses marmitons, ses mendiants...

Et là, vois-tu, tout est déjà en place pour ta chute.

Le piège est tendu.

Le déclic du traquenard a un mécanisme uni-versel. Derrière le sens du sacrifice s'est embus-qué le goût du pouvoir : tu vas croire devoir tout régenter – *là dehors* – et tu vas te mettre au travail.

Et pendant des années tu vas œuvrer, marner, gratter, t'acharner à faire régner plus d'ordre, à transformer les uns, les autres. Car, peu à peu, ton obstination ne te laissera plus voir qu'une seule échappée au désordre grandissant : changer l'autre ! changer les autres ! ton mari (ta femme), tes enfants, ta belle-famille, tous les réfractaires !

64

Puisse le ciel t'épargner d'y réussir pour de bon !

Le monde est hanté de tous ces êtres détournés d'eux-mêmes et trafiqués par d'autres comme des moteurs de voitures volées !

Que s'est-il passé ?

Car il n'y a pas à en douter : l'intention était bonne au départ.

Simplement : un terrible malentendu a eu lieu. C'est la nature de ta tâche qui t'a échappé.

Tu t'es trompé de *prima materia* !

L'œuvre qui t'était confiée n'était pas l'autre, c'était toi !

C'était à ton humanité, à ta loyauté que tu étais invité à travailler, pas à celles de l'autre !

L'espace qui t'était confié était seulement le lieu où tu te tiens debout – le lieu où chaque jour de neuf ta fiabilité est mise à l'épreuve.

Le maître d'école occupé à tarauder ses élèves *dehors* avait en vérité charge de ceux qui chahutaient en lui !

Le prêtre qui voulait inculquer aux autres la dévotion avait à apprendre à devenir lui-même serviteur de vie !

Le forgeron qui cherchait avec un zèle forcené le fer approprié pour le tordre, le tenailler, le former à sa guise découvre que le morceau de fer à travailler, c'était lui !

Choc !

Terrible choc !

L'efficacité forcenée va devoir changer de cible ! C'est au mille de ton propre cœur que l'archer de la métamorphose s'apprête à lâcher sa flèche.

Tu cries.

Tu hurles.

Ne s'agit-il pas d'une terrifiante erreur judiciaire ? N'était-ce pourtant pas l'autre qui...

La mue qui t'attend est certainement la plus violente des aventures.

Il faut avoir vu une libellule s'extraire de sa chrysalide.

Il faut l'avoir vue mouillée, engluée, pitoyable, s'arracher à la gaine étroite, en être vomie avec des spasmes d'étranglement. Il faut l'avoir vue grelotter longtemps ; naufragée, avant que la voilure détrempée de ses ailes ne sèche, ne déploie peu à peu la délicate merveille, la transparence diaphane de l'envolée promise !

Une fois l'enfer de la désillusion traversé, voilà que tu atteins l'autre rive. Brûlé(e). Évidé(e). Nu(e).

Déjà tu t'étonnes à nouveau d'être vivant(e).

Exposé(e) aux blessures comme aux caresses.

Délivré(e) de la cotte de mailles dans laquelle

les dogmes, les représentations, les morales, les obligations t'avaient enferré(e).

Vivant(e).

Dans le royaume où tu es parvenu(e), que reste-t-il encore à craindre, à attendre puisque tout ce que tu rencontres ne vise désormais que ton apprentissage, le tien !

Ici ne règne que la plus naïve des tautologies.

Ici on aime pour aimer. On sert pour servir. On vit pour être en vie.

Ni plus ni moins.

Plus jamais tu n'auras en celui ou celle que tu aimes de « partenaire ». (Cet emprunt sémantique fait mal aux dents.) L'espace dont il est question là n'est pas le monde des affaires. Ici il n'y a pas de marché ! Il n'y a rien à échanger, rien à perdre et rien à gagner.

Un après l'autre s'écartent les rideaux des apparences, les illusions de succès ou d'échec, les sympathies ou les antipathies.

Les obstacles eux-mêmes se transforment en amis et se disposent en une haie d'honneur au milieu de laquelle tu avances en riant vers de mystérieuses noces. Tu n'y crois pas ? Avance seulement.

L'amour ne connaît qu'un seul but lorsqu'il te rencontre : lui-même. Venir au monde encore une fois à travers toi. Se donner à travers toi une

chance de plus. Tu es convié à aimer et à servir
pour que sur terre soient l'amour et le service.

Tu es convié.

Tu n'es pas même obligé.

Un simple service d'honneur.

Voilà tout.

Ni plus mais ni moins.

6

Histoire de Moshé

Je somnole dans mon landau sous un platane.

Le soleil joue à travers les feuilles, éclabousse mes jambes nues. Je ris. C'est mon plus ancien souvenir.

La gratitude. L'émerveillement.

De même que Kafka, dans une lettre à Milena, s'étonne, après avoir étudié le plan de Prague :

« Pourquoi, grand Dieu, avoir construit une si grande ville alors que nous n'avons besoin que d'une chambre ! », j'interroge mon Créateur : « Ces immenses platanes, ce soleil, l'été, tout ça, pour faire rire un bébé dans son landau ! »

Fou.

L'abîme existant entre les frais, les dépenses, le train de vie démentiel du monde créé et la conscience ébahie d'un enfant d'après-guerre ne s'est jamais plus comblé. Je n'ai plus refermé ma bouche ébahie.

Que la vie, après nous avoir conviés sur terre,

ne nous doive rien de plus – et que c'est de nous, ses invités, qu'elle mérite tous les égards, paraîtra invraisemblable à nombre de nos contemporains.

Nombreux sont ceux qui macèrent dans le vinaigre des frustrations, à s'estimer mal servis, le cœur poisseux de revendications, de réclamations en tous genres. Pouvoir leur dire : « Vous avez un bandeau devant les yeux » avec la simplicité de la personne qui dans l'autobus me signale que ma fermeture Éclair est ouverte ou mon ourlet défait.

Oui, il est temps, je crois, de raconter l'histoire de Moshé.

Un homme très pauvre n'a dans sa masure qu'une seule pièce qu'il partage avec sa femme, ses cinq enfants et sa belle-mère. Appelons-le Moshé.

Cette histoire, nous pourrions tout aussi bien la commencer d'une autre perspective, et dire : une femme très pauvre ou un enfant très pauvre, même éventuellement « une belle-mère très pauvre ». Mais ne tergiversons pas : toute histoire a besoin de respecter des lois très précises de triangulation et de fixer le terrain d'où partiront désormais toutes les mesures.

Acceptons donc de voir ce que nous allons voir par les yeux de Moshé, l'homme très pauvre – et par ses yeux seuls.

Cet homme très pauvre souffre de ce tohu-bohu incessant autour de lui, le bruit des voix, de la vaisselle heurtée, des zizanies, des aigreurs de la pauvreté. Il souffre et donne à sa souffrance de plus en plus d'attention, c'est dire de plus en plus d'énergie. Peu à peu sa souffrance devient si puissante qu'elle tire tout à elle. Omnivore, elle transforme tout ce que l'homme mange et boit au cours de la journée en sa propre nourriture. Elle prospère. Elle envahit tout. La pièce devient de plus en plus ténue, de plus en plus étroite – et la souffrance déborde par toutes les fenêtres, pousse de flasques rhizomes jusqu'au bout de la cour et de la ruelle. Enfin la pression de la souffrance est telle que l'homme se décide à faire la seule chose sensée : aller demander conseil au rabbin.

Déjà à raconter toute sa misère lui vient comme un ébahissement d'y avoir survécu si longtemps et comme un apaisement à l'idée d'avoir forcé l'estime du saint homme.

Mais l'homme à barbiche reste placide sous ses besicles que brouille la buée du samovar.

« As-tu quelques poules dans ta cour ? »

La question n'atteint pas Moshé.

Elle est si loin de lui, si abstruse qu'elle forme comme un entrelacs de syllabes vides – et ti-ta-ta et ta-ta-ti – comme celles que mâchonnent les mouflets dans leurs comptines.

Le rabbin la répète : « As-tu quelques poules dans ta cour ? »

Et voilà que soudain elle éclabousse tout en lui de sa boue comme un lourd pavé jeté dans une mare – et les vagues soulevées sont de détresse ! Voilà que cet homme à qui il a ouvert son cœur lui parle... de poules !

Il s'entend répondre :

« Oui, pour les enfants, pour les œufs... cinq, nous en avons cinq, je crois.

– Eh bien, rentre chez toi et installe-les dans la pièce où vous vivez. »

Le rabbin a ôté ses besicles et le regarde.

« Et n'oublie pas de revenir dans une semaine ! »

Cette invite, Moshé effondré ne l'a plus entendue – mais quelqu'un en lui l'a certes entendue puisqu'une semaine plus tard il soulève le heurtoir de la porte du rabbin et le laisse lourdement retomber.

« Me revoilà, rabbi ! »

Son regard est hagard, comme empli du chambardement d'un poulailler à l'instant où la fouine s'y glisse. Dans ses yeux, duvets, pailles salis de fiente, tout vole en tous sens dans un acide et piaillant désordre de meurtre.

« Je n'en peux plus, rabbi ! »

Le rabbin le fait asseoir, lui verse un verre de thé.

Ils se taisent. Avec aux tempes le tic-tac de l'horloge qui fait plus de bruit à moudre le temps que les blutoirs et les claquets du moulin proche !

« Rabbi, je n'en peux plus. »

En portant le thé à ses lèvres, il se brûle et pousse un cri.

Un peu de thé brûlant sur un centimètre carré de peau et tout est oublié ! Que sont ces souffrances insoulevables qu'une autre souffrance dissipe illico : une seule gorgée de thé brûlant ! Esquisse de sourire du rabbin qui se tait. Il cherche dans le mur au fond des yeux de Moshé la fissure qui sauve mais ne la trouve pas.

D'une voix sourde, il articule sa question.

« As-tu une chèvre, Moshé ? Dans ta cour, as-tu une chèvre ? »

L'homme désespéré s'entend répondre :

« Oui, rabbi, pour le lait ; pour le lait des enfants, nous avons deux chèvres.

– Eh bien, rentre chez toi et installe-les dans la pièce où vous vivez. »

Moshé veut parler – mais comme dans les cauchemars, la voix lui manque. Il est trop tard ; la porte s'est refermée derrière lui sur les derniers mots du rabbin :

« ... dans une semaine. »

Huit jours plus tard, il est à nouveau devant la porte.

C'est un vieillard. Ses yeux sont au fond des orbites comme des bêtes malades qui ont trouvé refuge au fond de leur tanière.

Mais dans les quelques pas qu'il a franchis en traversant le vestibule, le rabbin a cru déceler comme une légèreté.

« Pas trop bien dormi tous ces jours, hein, Moshé ! »

Moshé le regarde comme surpris de son aménité. Une hésitation.

« Tu me demandes si j'ai bien dormi toutes ces nuits ? »

Un vacillement ; et puis quelque chose se met à rouler dans sa poitrine ; un grondement sourd comme lorsque l'eau des torrents monte et met en mouvement des blocs de pierre. Oui, comme un éboulis de roches. Et voilà que monte un rire, un rire qui enfle, qui déferle, qui emporte tout sur son passage. Oui, Moshé est pris dans la tornade d'un rire. Et son rire ébranle tout : et le bien et le mal et le oui-oui et le non-non et la peur au ventre et la résignation et le râle et les plaintes et emporte les masures de ce shetl misé-reux avec la maison du bain et la maison de prière – et jusqu'aux besicles du rabbin qui volent à travers la pièce !

Il peut se faire parfois que la pâle raison des humains soit balayée par le vent de folie de Dieu – et que l'homme puisse alors entrevoir – ô le temps pour une porte de s'ouvrir et de se refermer – la lumière de la Shekina derrière les apparences – et c'est ce qui était arrivé à Moshé.

Les dernières paroles lui parviennent de derrière sept collines :

« Il est temps de rentrer chez toi et de chasser de ta maison et les poules et les chèvres ! »

Et même les tout derniers mots courent derrière lui comme des cabris et le rejoignent :

« ... dans une semaine ! »

Huit jours plus tard, Moshé est devant la porte du rabbin.

Radieux.

Il semble que tous les démons juchés sur ses épaules depuis le début des temps se soient donné le mot pour descendre de leur perchoir.

Il avance comme un homme jeune. Ses articulations ont des ressorts neufs et son pas est souple, léger.

« Rabbi, dit-il, depuis que j'ai chassé les poules et les chèvres, chez moi, c'est le paradis. »

Ah le commentaire !

Le commentaire !

Lorsque l'étreinte entre le narrateur et son histoire a été ardente, comment pourrait-on s'attendre à ce qu'ils se séparent précipitamment ?

Il faut les laisser encore rêver ensemble.

Quand une histoire retrace une initiation, il ne

faut pas s'en approcher trop vite. Il faut la dévêtir doucement, étoffe après étoffe, comme ces objets de culte qu'on emmenait avec soi en voyage autrefois. La forme de l'objet se laisse deviner mais quand la dernière soie a glissé au sol et qu'on tient vraiment entre les mains l'objet vivant, sa présence est si aiguë qu'on en a un frisson. Car partout où l'homme prend soin des choses, un peu de Dieu s'y tient caché.

Aujourd'hui on ne sait plus guère ce qui se cache derrière les choses de la vie. Aujourd'hui Moshé, sur la suggestion d'un conseiller familial, aurait placé sa belle-mère en maison de retraite et divorcé – et deux jours par mois reçu le droit de visite pour ses enfants. Et le reste du temps il aurait été libre – c'est-à-dire qu'il aurait vécu seul – sans même un chien, sans une poule, sans une chèvre.

Quand une histoire retrace une initiation, il faut avoir beaucoup de patience avec elle parce qu'elle ne le montre pas tout de suite. Elle te laisse là avec ton arsenal de jugements, de questions, de critiques et se tait comme une pierre. Et tu la tiens entre les mains, cette pierre, semblable à tant de pierres, grisâtre, rugueuse. Pas un instant tu ne soupçonnes que tu as entre les mains une géode – et qu'à l'intérieur de ce vulgaire caillou s'ouvrent les sortilèges d'un orient secret : enchâssés comme les brillants d'une couronne, tous les cristaux de l'améthyste !

Ce que personne ne pouvait voir, tu ne l'as pas vu non plus : à l'intérieur de la pauvre histoire de Moshé, rugueuse et pitoyable, était caché un Destin ! C'est dire un rendez-vous avec Dieu.

Qui sait encore ces choses, je te le demande ?

La révélation qu'à l'intérieur du monde qu'on croyait la réalité se cache le monde réel peut rendre fou.

Ou alors joyeux.

Désespérément joyeux ! (Car qui ne serait que joyeux sur cette terre d'exil serait aveugle à la souffrance de ses frères !)

Et si Dieu l'a si bien caché – ce monde réel – c'est pour qu'il ne traîne pas n'importe où, au vu et au su des indifférents, des cyniques, des gredins. C'est pour qu'on soit contraint de se mettre à sa recherche. L'intime désastre du quotidien, les implosions muettes de la souffrance... tout prend alors un sens.

Derrière le monde de la pauvreté, de l'humiliation, du tohu-bohu familial, des zizanies, se cachait un projet. Un ordre secret que seul le désordre surajouté (les poules, les chèvres) a rendu visible. Désormais ces huit êtres réunis dans une masure – un homme, une femme, cinq enfants et la vieille femme – ne seront plus jamais ce que Moshé croyait dans son désespoir qu'ils étaient : quelque chose comme huit noyaux de cerise crachés avec dédain par la misère dans la boue d'un shetl polonais ! Désormais ils sont une constellation de huit étoiles au firmament.

Sa vie, cette vie que Moshé a traînée si souvent dans les ruelles de la ville comme un chiffon sale dépassant du ballot mal ficelé d'un colporteur, sa vie lui est rendue.

Désormais, bien que tout soit resté pareil, tout est à tout jamais changé.

7

Fidélité(s) I

« Non seulement je suis sûr que ce que je vais dire est faux, mais je suis sûr aussi que ce qu'on m'objectera sera faux. Et pourtant, il n'y a pas d'autre choix que de parler... »

J'aime à me reposer à l'ombre de ces phrases de Musil avant de m'enhardir à évoquer la fidélité – sa grandeur et son ombre.

Et pourquoi ne pas commencer avec la question qui contient toutes les autres questions.

La transgression ne serait-elle pas l'hommage que la liberté rend aux lois ?

Si cette question est aussi tranchante qu'une lame, c'est qu'elle nous arrache à l'illusion d'une réponse qui lui préexisterait. Elle nous confronte au risque mortel qu'il y a à être vivant.

Qu'il faille tout d'abord distinguer impérieusement transgression et profanation ne surprendra pas.

La transgression peut – dans un ordre invisible

et insaisissable – résonner avec la plus haute noblesse de l'être, sa plus haute exigence. La profanation, elle, en piétinant la vie, ne fait écho qu'à l'immonde.

Ce que je vais tenter de décrire n'est ni une théorie ni même une opinion – mais l'esquisse d'un espace de transmutation entre les êtres.

Il existe un dessin d'Escher où les anges habitent les interstices laissés entre les démons – et les démons, l'espace libre entre les anges dans une imbrication subtile de la plus exacte des marqueteries. La fluide coulée des blancs, des gris et des noirs partie en vagues concentriques d'un centre impossible à fixer se répand peu à peu jusqu'au bord d'un cercle où – repris, visité, modulé comme il l'a été – l'antagonisme, ange, démon, s'apaise et s'abolit de lui-même.

Tout se passe comme si la dualité voulait être à tout prix vue, perçue pour laisser sa place à une autre perception. Comme si l'intense souffrance d'écartèlement, de déchirement qu'engendre la proximité des principes opposés, leur intimité totale, visait à nous faire pénétrer le paradoxe du réel – à faire vaciller l'ordre appris, aliénant.

Le Baal Chem Tov a dit quelque chose d'abyssal : la lutte contre le mal prend un tour décisif lorsqu'on prend conscience que même le mal contient quelque chose de divin. Une charnière se dissimule là, qui fait tout basculer. On n'échappe pas au mal seulement en le combattant – (ah l'ascétisme et la contrition !) – mais en reconnaissant pour le combattre la part de divin qui est en lui. Vertige. Que certaines révélations dorment à jamais sous les lèvres scellées ! Que n'entendent que ceux qui le peuvent car la surdité est préférable au mal entendu !

On n'échappe à l'écartèlement moral fidélité/ infidélité que par un *salto mortale*.

Non qu'il faille vraiment transgresser.

Il suffit de passer d'un champ de conscience écartelée par la dichotomie fidélité/infidélité à un champ de conscience plus subtil où la fidélité révèle ses deux visages.

Quant à l'harassante transgression, on finit par lui échapper aussi, tôt ou tard, grâce à la tendresse que nous inspire l'ordre intérieur pressenti et retrouvé. Car, dès que la part divine recelée dans « l'infidélité » a été entrevue, la fidélité peut quitter la pause, et redevenir vivante, effrontée, désarmante – régner simplement sur les cœurs. Il n'est désormais plus nécessaire de léguer son corps vivant à la morale ni d'ailleurs son corps trépassé à la science. Les macabres expérimentations visant le général s'étiolent sous l'impertinente et radieuse poussée du Vivant.

Reprenons encore une fois.

De la fidélité, je n'ose rien dire car tout ce que

je pourrais en dire serait faux ou serait juste en son temps. Et ce qu'on objecterait serait faux ou serait vrai : en son temps. Je ne dis pas : vrai *et* faux à la fois. Car, à penser ainsi, on fait régner dans le monde le désordre et la folie. Je dis : vrai *ou* faux *en son temps*. Car chaque situation unique a sa vérité unique.

En fidélité, comme en amour, tout a lieu pour la première fois et une seule fois. Tout échappe par nature aux généralités, aux opinions, aux lois, aux théories, tout nous place sur un fil raide et nous enjoint d'avancer. Que notre front se mouille ou non de sueur n'y change rien. Rien n'en est simplifié ni allégé pour autant. Il n'y a pas de cours pour débutants.

Et pourtant, s'il n'y a rien de marmoréen ni d'apodictique à dire de la fidélité, il ne faut surtout pas renoncer à lui construire d'éphémères palais.

Ni le vent ni la brume ne se lassent de moduler de neuf les formations de nuages.

Et qui oserait prétendre que les nuages sont moins « réels » que les massifs granitiques ?

La première de toutes les fidélités, nous la devons à la Vie qui est en nous. Cette fidélité-là, à certains moments cruciaux, peut ressembler, vue du dehors, à une infidélité.

Consciemment ou inconsciemment, n'avons-nous pas fait serment de ne jamais laisser s'embourber dans l'insignifiance cette vie qui nous a été transmise par le sacre de la naissance ?

Chaque fois que le danger rôde de la perdre en futilités, en broutilles, chaque fois que l'anesthésie la gagne ou que l'asphyxie la plombe, comment ne pas réagir ? Comment ne pas courir ouvrir les portes et les vantaux ?

Il y a des « appels » dans l'ordre du quotidien (un besoin de solitude – un désir de voyage, de repli, de recul, de retraite – une amitié ardente) qui signalent à l'autre :

« Tu m'as aimé pour cette vie qui m'habitait. Elle menace de tarir. Pour la refaire jaillir, je dois faire ce pas qui peut-être t'effraie ; mais je dois le faire par respect pour moi et pour toi. »

Exiger de celui qui parle ainsi qu'il fasse taire cet appel, c'est mettre en chantier la lente transformation du foyer en maison de morts.

Celui ou celle qui a été appelé à se mettre de quelque manière en mouvement et qui a été retenu – tant pour de bonnes raisons que par peur, par convention – ne pardonnera pas dans son for intérieur à celui (celle) qui d'un seul mot peut-être a scellé à son pied un boulet. Il reste. Elle reste. Mais qui reste au juste ? Et quelle part s'éloigne ou s'éteint en catimini ? Et si c'était précisément la part vibrante pour laquelle nous nous sommes aimés ?

Le jardinier ne peut pas monter la garde contre les mulots, les chenilles, les taupes. Il ne peut pas guetter chaque puceron, chaque bactérie. Il ne peut pas arrêter le vent d'ouest ni dissuader la tempête de se déchaîner. Il ne peut pas interdire à la grêle de s'abattre. Il ne peut pas non plus contraindre la plante à pousser plus vite en lui tirant les feuilles – ni vouloir la garder petite.

Il ne peut que « tenter de mettre toutes les chances du côté de la plante » et garder vivant avec elle un dialogue.

Ainsi pour la relation qui nous unit.

Je ne peux pas abolir ton destin, ni t'éviter épreuves et difficultés, ni enrayer tes échecs, ni provoquer ta réussite, ni entraver tes rencontres. Impossible de prendre les commandes de ta vie, de m'immiscer entre toi et ta peau, de glisser mon doigt entre ton écorce et ton aubier. Je ne peux que t'assurer de ma loyauté – ne jamais laisser tarir le dialogue entre nous, le raviver de neuf chaque jour. Mieux encore : je ne peux que respecter l'espace dont tu as besoin pour grandir. Te mettre à l'abri de ma trop grande sollicitude, de tout envahissement de ces rhizomes souterrains que sont les discrètes et indiscrètes manipulations de l'amour.

« Veuillez, monsieur, ne pas nous imposer une forme de bonheur qui n'est pas la nôtre. » Cette prière qu'adressait un pacha d'Algérie à quelque gouverneur des colonies à la fin du siècle passé résonne loin.

Jamais, quoi que je fasse, je ne serai celui ou celle qui mâche ton pain, boit ton eau, jamais je ne respirerai pour toi. Jamais ta peau ne m'invitera à m'y glisser. Jamais je ne tisserai pour toi les fils de tes rêves ni de tes pensées. Et comme tu étais seul à ta naissance, tu seras seul devant ta mort et seul, mille fois, dans les nuits d'insomnie quand un chien aboie au loin ou quand une voix que tu es seul à entendre t'appelle.

Vouloir me perdre en toi, me jeter en toi, corps et biens, avec tous mes meubles et mes trésors. T'envahir. Te combler. Te faire gardien de mes propriétés ! Il n'est pire cruauté.

Car tu as une vocation, unique, une œuvre à mener à bien.

Toi-même.

Et pour cela, il te faut tout l'espace qui est en toi.

Dire : « Aimer c'est délivrer l'autre de mes bonnes intentions – et de moi-même » paraîtra excessif.

Pourtant c'est en me détachant de toi et en

m'ancrant en moi que je commence véritablement d'aimer.

Le cadeau que je peux te faire, c'est de retirer
de toi toute la volonté de transformation que j'y ai
mise – par zèle ou par ignorance –, la retirer de toi
pour la remettre où elle a sa vraie place : en moi.

Ainsi, nous protégerons l'un et l'autre le secret
lent et silencieux de nos gestations.

Un mot encore.

Garde tes distances sans faiblir. Il n'est que
l'Éros qui puisse les abolir – pour les faire renaî-
tre tout aussitôt.

Garde tes distances
Non par froideur
Garde-les par ferveur.

Et cela en sachant – ô paradoxe – que l'aimé(e)
n'est qu'une autre part de toi-même.

La part qui ne se laisse ni dominer ni annexer,
qui jusqu'au bout te tiendra tête. L'énigme qu'est
l'Autre recule comme l'horizon à chaque pas que
tu fais vers lui.

L'Autre est la frontière que la Vie a dressée
devant toi, afin que tu ne sois pas perverti par ta
toute-puissance.

Ce que Dieu dit à l'Océan dans le livre de Job
en lui montrant les plages et les falaises : Jusqu'ici
iront tes flots, pas plus loin !, il le dit à l'Époux
en lui montrant l'Épouse, à l'Épouse en lui mon-

trant l'Époux. En plaçant la femme devant l'homme et l'homme devant la femme, il leur assigne à tous deux leurs limites.

Tu iras jusqu'ici et pas plus loin.

Ici commence le royaume de l'altérité dans lequel on ne pénètre pas. Tes vagues viendront battre aux falaises et se rouler sur les plages et de ce jeu furieux et tendre vous vivrez, de ce murmure, de ce fracas, de ce mugissement qui ne cessent pas. Mais ne rêve pas de révoquer la dualité. La fusion du Deux en Un est œuvre divine. Il n'est que l'Éros qui nous y fasse furtivement goûter. Et la mort.

Si la première des fidélités, nous la devons à la Vie qui est en nous, c'est bien d'une vigilance de chaque instant qu'il faut faire preuve. Tout, sur cette terre, si nous n'en prenons soin, est soumis à la lente dégradation de l'entropie.

Quand l'homme cesse de se chercher au-delà de lui-même, de s'élancer, de se porter en avant, alors l'eau qui le compose stagne et croupit. L'élan qui cesse de circuler dans un corps agit comme un poison.

Ces êtres de dialogue, de partage et de mouvance que nous sommes, vivent de la magie des rencontres, meurent de leur absence. Chaque rencontre nous réinvente illico – que ce soit celle d'un paysage, d'un objet d'art, d'un arbre, d'un chat ou d'un enfant, d'un ami ou d'un inconnu. Un être neuf surgit alors de moi et laisse derrière lui celui qu'un instant plus tôt je croyais être. La rencontre fait résonner en moi des modes et des tons que je n'avais pas perçus jusqu'alors. C'est par la rencontre que dans cet amas diffus, cette nébuleuse que par commodité j'appelle moi, s'éclairent et se regroupent les constellations.

Pareille richesse ne se peut épuiser en une seule relation aussi privilégiée, aussi forte soit-elle. Bien davantage : c'est la plénitude tout à l'entour qui profite à cette union première et la nourrit.

Si l'un des époux ne supporte pas que l'autre vibre, vive et aime en dehors de sa présence, s'il se met à rêver d'être la seule source de son bonheur, il peut avoir au moins une certitude : celle de devenir très vite la seule source de son malheur.

« C'est au vent qui l'ébouriffe, à la tempête qui le ploie que l'érable rouge doit sa beauté » (Basho). La relation des époux trouve sa vigueur dans le jeu des forces qui l'ébranlent.

L'« espace en devenir » qui entoure chaque être et à l'intérieur duquel il peut grandir, se dilater, rayonner, tâtonner, s'élancer, est sacré.

Lorsque, sous prétexte d'attachement, on le résorbe, la vie commune se dégrade. Elles sont sinistres, ces guerres de domination, ces prises d'otages auxquelles se livrent derrière les murs de leurs maisons les hommes et les femmes ! Elles sont sinistres et elles les déshonorent.

Impossible d'extirper de la vie de l'autre, comme on le ferait de tiques dans le pelage d'un chat, les rencontres qui importent pour lui.

Par un mystère, impossible à élucider, ce sont précisément toutes les rencontres d'une vie qui nous font peu à peu *advenir*. Chaque rencontre me livre d'étrange manière, tantôt une lettre, tantôt un mot, tantôt une virgule, un blanc qui, peu à peu, mis bout à bout vont composer le libellé d'un message à moi seul adressé.

Ou mieux encore · ·chaque rencontre ardente détient une pièce biscornue du puzzle qui finira par me composer une vie et qui, avec la multi plication des pièces disposées, va lentement, dans un dégradé de couleurs, laisser apparaître les grands contours, les grands thèmes de ma destinée. Et ce sont les autres qui me livrent – souvent à leur insu – la clef de mon énigme.

Dans chaque rencontre se révèle un aspect de mon être, un visage secret nage à ma rencontre dans l'eau du miroir. Les rencontres me remettent en mémoire une modalité d'être, une totalité oubliée.

Elles me cherchent, me trouvent sous les masques. Souvent elles me délivrent.

Quand je dis « rencontre ardente », je pense à

toute la gamme possible de relations entre deux êtres, à toutes les modulations existantes dont celle particulière d'amants ne constitue que l'inflexion extrême. Jamais je n'oserai laisser indifférenciés tous les modes de rencontre. Cela m'apparaîtrait aussi profondément ignorant que de propager la confiance dans l'utilisation dite pacifique de l'énergie atomique. Des effets profonds et indélébiles de toute relation sexuelle dans nos corps et nos consciences, j'ose prétendre que notre époque ignore à peu près tout.

L'empreinte en est si profonde que ni la volonté, ni la fonction imaginale, ni la conscience à l'état de veille ne peuvent l'atteindre. Elle est plus indélébile que l'amour lui-même car elle s'inscrit dans l'espace primitif, antérieur à toute nomination, à toute appréciation, à l'origine même de la vie, de sa fulgurante surgie. Impossible de retrouver le chemin qui mène à cette mémoire car aucun chemin n'y mène. La trappe s'ouvre et se referme sans laisser d'indice. Impossible à tout jamais d'y retourner pour récupérer des objets perdus, ou des pièces à conviction... L'affaire est close avant même d'avoir été plaidée. La sexualité ne lâche pas ses proies. Elle est comme la mort. On peut penser d'elle ce qu'on veut. On n'en revient pas. Pour se délivrer de ses empreintes et de ses marques rouges, il n'y a qu'une voie. Une seule. Elle apparaît évidente.

C'est d'honorer dans son âme – sans oui mais, sans si et sans pourquoi – ceux et celles avec lesquel(le)s sur terre on a brûlé. Car le mépris, le ressentiment ou l'indifférence feinte ne font qu'intensifier ou démoniser leur trace en nous.

L'émergence d'une autre relation intense dans la vie d'un couple n'est pas toujours le malheur qu'il faut éviter coûte que coûte. Il arrive que ce soit le grain de sable, l'irritation, qui mette en œuvre l'activité perlière de l'huître.

C'est paradoxalement le danger qui réveille parfois une mémoire éteinte par l'usure quotidienne : celle du caractère précieux et sacré de l'alliance première.

Impossible de passer sous silence aussi en ce lieu un cataclysme qu'on appelle la passion.

Le mariage naît de la patience qu'a Dieu envers l'homme : « Je te donne une vie pour réaliser ton œuvre. » La passion, elle, naît de Son impatience : « Quoi tu dors encore ? »

L'amour conjugal se construit ; il est œuvre de patience et de durée, de persévérance et de lente croissance.

La passion, elle, surgit, frappe et pulvérise le temps, plonge le monde dans la nuit avant de disparaître.

La loi sociale et la loi religieuse construisent

leur barrage contre la passion et l'Éros. Le mariage est un contrat de durée, un contrat de loyauté. La passion est la brisure, l'irruption sauvage du chaos, parfois de la mort.

Il n'y a là rien à légiférer ni à déplorer. C'est ainsi.

J'admirais hier le vieux montagnard, habitant d'un village à demi détruit sous une avalanche. Devant les questions de journalistes, à l'affût de scandales et de défaillances humaines, il dodelinait de la tête doucement : « On ne pourra jamais, répétait-il, on ne pourra jamais... » Sa phrase en suspens se tissait dans son regard perdu au loin. Jamais on ne pourra construire assez de murs et de paravalanches, jamais on ne pourra raser par sécurité les montagnes, ni doter chaque arbre d'un système d'alarme, ni... ni... ni. Aucun arrêté municipal, aucun décret n'arrêtera les forces de la nature... Et son regard disait aussi qu'il y a dans leur violence un caractère sacré aussi impossible à abolir que la mort.

Il n'est pire cauchemar que le rêve de sécurité globale où la dictature technoïde se double de la naïve perversité de l'ours écrasant la tête de l'homme endormi pour écarter de lui les mouches. Car cette nature dont on veut délivrer l'homme n'est rien d'autre que *sa propre nature*. Mettre l'homme à l'abri des violences qui l'entourent et des violences qui l'habitent, le pla-

cer pour finir hors de portée de Dieu – sous la
cloche à fromages de la morale et de la caté-
chèse – rejoint le vieux rêve fondamentaliste des
Églises et des institutions !

Mais la Vie, la passion et la mort trouveront
l'homme dans toutes les cachettes – au fond des
casemates les mieux bétonnées.

Impossible de protéger le jardin clos contre la
sauvagerie du dehors. L'œuvre de longues années
peut être en une nuit ravagée par une tempête,
ou une harde de sangliers. L'*hortus conclusus*,
aussi choyé soit-il, n'abolira jamais la sauvagerie
du dehors. Et pourtant l'amour durable, l'engagement du mariage, reste cet acte de sublime
candeur, cette tentative d'un héroïsme quotidien.
Il est de l'ordre de l'impossible et du défi, c'est
ce qui le rend si digne d'être défendu. Conclure,
devant le jardin ravagé, qu'il est inutile de cultiver son jardin, qu'il est plus simple de ne pas
même commencer de le cultiver, de le laisser dès
le début à l'abandon, serait refuser de faire œuvre
d'humanité.

Notre histoire collective et personnelle est
cette alternance de luttes et d'accalmies, d'assou-
pissements et de réveils brusques, d'intrépides
tentatives et de catastrophes dont la vie resurgit
neuve.

L'araignée ne compte pas le nombre de fois

où sa toile est détruite d'un coup de balai. Et recommence son tissage.

L'ordre familial, l'ordre de la durée est radicalement étranger à l'ordre sauvage de la passion. Le premier, bien arrimé dans le temps, fonde un projet de vie, dans la loyauté et la responsabilité. Le second constitue un état d'exception et ouvre à l'arraché sa fulgurante perspective d'éternité.

En général, celui ou celle qui vient de vivre une passion revient chez lui (elle) évidé(e), dépouillé(e), nu(e).

Sa maison a disparu, sa famille s'est dispersée. Dans une indescriptible souffrance, l'époux (l'épouse) a vu une trahison là où lui (ou elle) n'a fait que traverser une tempête et s'étonne encore d'être vivant(e). Si la chance veut qu'on l'ait attendu(e), qu'on ait pressenti la nature du cataclysme, il se peut alors que pour les deux rescapés, dans la gratitude et le respect mutuels, commence un amour à la fois fort et simplifié. Il se peut.

8

Fidélité(s) II

Et voilà en ce lieu une histoire qui veut être racontée. J'ai scrupule à la faire mienne ! Qu'elle me dise au moins d'où elle vient, de quelle bouche, de quel livre elle s'est sauvée. J'ai trop d'histoires sans collier et sans maître qui errent sur mon oreiller d'insomniaque. C'est étrangement avec les années que mes scrupules s'aggravent. Lycéenne, j'ai vécu de citations inventées que j'attribuais à Kierkegaard et à Heidegger jusque sur ma copie primée du Concours général. Mais lentement le syndrome de l'imposteur a commencé de me hanter.

Dans le sublime *Berlin Alexanderplatz* d'Alfred Döblin, j'ai un frère : Stephan Zannowich, enfant du ghetto. Son corps fut jeté à la voirie après qu'il se fut fait passer avec succès des années durant pour le prince d'Albanie. Depuis ma première lecture à seize ans, je ne l'ai plus oublié.

Stephan Zannowich – l'imposteur ! Le prince plus vrai que nature ! Comme je me reconnais en lui. « Er hat zuwenig Angst gehabt von der Welt » – Il n'avait pas assez peur de ce monde... Pas assez peur ! Et plus loin : « Er hat zu allen Herzen den Schlüssel gehabt » – Il possédait la clé de tous les cœurs. Un autre piège encore, aussi terrible que le premier. « Avoir la clé de tous les cœurs » vaut bien « N'avoir pas assez peur de ce monde ». Et cette clé de tous les cœurs, ne sont-ce pas les histoires, ces histoires volées, que nous racontons, toi et moi, Stephan Zannowich, qui nous la font trouver ?

Ce frisson dans le dos, mon frère ! Laisse-moi me faire ton avocat pour du moins mériter en temps venu un tombeau.

Et si c'étaient précisément les histoires que nous racontons, volées ou pas, qui sauvaient la vie ?

« Wenn es nichts zu essen gab, hat er was erzählt, der Vater » – Quand il n'y avait rien à manger, le père se mettait à raconter.

Voilà, voilà ce qui se cache derrière les para-vents de l'imposture. Le goitre béant de la misère et de la faim. Stephan Zannowich avait plus de souvenir de boyaux tordus que de dîners aux chandelles. Ma mémoire comme la sienne est un trou noir où ne mène aucun escalier.

L'histoire

La voilà.

Je la tiens pour l'instant par un pan.

Et lentement, lentement je la déroule comme le feraient d'une pièce de lourd brocart les marchands de Katmandou. Telle une relique révélée, pouce par pouce, au saisissement des disciples, mis à patiente et voluptueuse épreuve. Voilà que flamme par flamme, aigrette après aigrette, de redoutables griffes apparaissent qui enserrent des globes de verre, puis la volute ardente de la langue s'élançant rouge entre les crocs d'ivoire immaculés qui montent la garde. Le dragon entier a surgi, prisonnier, Dieu merci, de la trame serrée des fils d'or pur. L'honneur du conteur est sauf.

Un sultan aimait passionnément sa jeune épouse.

Un jour pourtant lui vint à la conscience qu'elle lui mangerait les yeux et les reins tant elle l'aimait, tant il l'aimait. Et que devant tant d'amour, il n'est que de fuir.

Certains ne comprendront pas de quoi je parle.

D'autres comprendront.

Depuis onze nuits, Fariadin se tourne et se retourne sur sa couche.

De sa jeune femme endormie monte comme d'un jardin sous la lune quand l'été est à son zénith un enchevêtrement de parfums lourds et suffocants.

Et Fariadin pense : Si je reste, j'oublie tout.

Le douzième matin, voilà qu'il délace les bras que Tara a enroulés en dormant autour de son cou, délie ses doigts un à un, se met debout, se vêt et fait seller son cheval.

Alarmée par ce comportement inhabituel, elle le suit, l'interroge.

« Je dois partir, dit-il. Ne crains rien. Dans un an, jour pour jour, je serai de retour. »

Elle est debout dans la splendeur éparse de ses cheveux et se tord les mains. Et un long moment, Fariadin se demande où il prend la force de quitter une femme qu'à conquérir, en ce matin, aucun prix n'eût paru trop haut. Sur-le-champ, c'est sa liberté qu'il eût donnée pour s'abîmer et s'engloutir en elle ! Mais il ne met pas pied à terre et il ne se jette pas à ses genoux comme son cœur le lui intime. Il donne de l'éperon à son cheval.

Il traverse le désert durant des mois et des mois.

Parfois la Voix qu'on n'entend que dans le silence psalmodie des dunes à l'infini – et sous le soleil de plomb, Fariadin se demande s'il vit ou s'il est mort.

Parfois le vent enroule des tourbillons de sable autour de ses chevilles et le désert entier ondule sous lui de mille rampements. Et Fariadin, sous son turban, les yeux enfiévrés, mâche le nom de Dieu comme une noix de kola – et son cœur s'emplit de vigueur.

Au cours de sa longue errance il séjourne dans trois villes.

Il ignore que ces trois villes sont liées par une malédiction qui ne donnera son fruit empoisonné que quelques siècles plus tard.

Un riche et pieux marchand a confié trois manuscrits précieux à ses trois fils. A son retour il les leur réclame – en vain. Chez l'aîné, un débordement d'eau putride l'a pourri. Chez le second, les termites se sont introduits et ont ravagé le parchemin. Chez le puîné, le précieux document a disparu sous les sables.

Blessé au fond du cœur, le père maudit les trois villes où vivent ses fils et les condamne à disparaître l'une sous les eaux putrides, l'autre sous l'attaque incessante des termites, la troisième sous l'ensablement ; et bien que ces trois cités paraissent encore prospérer, furtive, voilée, la malédiction commence sans hâte de prendre ses quartiers.

Dans la première ville, Fariadin aperçoit une courtisane à sa fenêtre qui l'invite à entrer.

Il entre chez elle comme on entre dans de l'eau : une résistance de plus en plus difficile à vaincre puis l'avancée qui ralentit jusqu'au point où les jambes épuisées se dérobent, où il n'est plus que de se laisser tomber en avant, de nager. Il sait depuis l'instant où il l'a vue lever son bras dans le tintinnabulement de ses bracelets d'or pour le héler qu'il ne sortira pas de chez elle sans avoir payé le tribut, le dur tribut de se perdre en elle, de laisser en elle l'essence même de son être. Il sait que, dans les affaires de la chair, la légèreté ne se laisse que feindre et que, quoi qu'on tente, reste la terrifiante gravité qu'il y a pour un homme et une femme à mêler leurs sucs. Les multiples ruses pour en désamorcer la charge explosive – de la gaillardise à la vulgarité, du mépris à la brutalité – restent sans effet. Quoi qu'on fasse, il se révèle impossible de rendre anodin l'éblouissant désastre de l'accouplement.

Dans la seconde ville, c'est un jeune esclave d'une beauté languide qui vient lui glisser dans la ceinture l'invitation de sa maîtresse.

Fariadin le suit comme s'il n'avait pas le choix, comme si le lieu où on l'entraîne maintenant était depuis longtemps prévu sur son chemin. D'ailleurs ce n'est pas l'esclave qui le guide. Ce sont les ruelles qui ondoient, fourchent, bifurquent et le mènent suivant le fiévreux et fantastique diagramme qu'à même l'aubier tracent parfois les larves voraces.

Il n'a pas une pensée.

Et quand, à l'aube, l'esclave le ramène au lieu même d'où ils sont partis la veille, il croirait avoir rêvé si ne restaient le fourmillement multiple, le crissement de soie et de faille que laissent au corps les ardents désordres de la nuit. Et, un instant, à son oreille, le râle lointain d'une femme puis, brisure, un silence comme après la mort.

Dans la troisième ville il passe des heures à regarder partir et rentrer les caravanes. Et il lui arrive même de longs moments de n'être plus que regard et de perdre la conscience de son corps au point que les chameliers l'invectivent et l'écartent de leur bâton.

Depuis qu'il voyage, la prière a reconquis sa place en lui. Dès son réveil, comme le maître d'une caravane, elle rassemble toutes les forces que la nuit disperse – et en ébranle l'interminable convoi. Tout le jour, qu'il mange ou qu'il boive, ou qu'il parle, ou qu'il rêve, elle le traverse du lent et lourd piétinement de mille sabots. Des mots sacrés s'égrènent dans le désert retrouvé de son cœur.

Fariadin est en paix.

L'hospitalité de cette troisième ville, c'est la veuve leste et généreuse d'un richissime marchand qui la lui offre.

Après un festin, il dormira dans ses bras comme un mort, d'un sommeil plombé, avec des rêves, lourds comme des draperies que déchirent ci et là les fulgurations de la volupté. Il se réveille, la langue sèche, comme si un vent de sable l'avait recouvert pendant qu'il dormait. Elle l'évente, le berce, l'asperge d'eau parfumée. Le soupçon lui vient même que, cette nuit, dans sa torpeur, il pourrait bien l'avoir appelée Tara.

Quand il la quitte au matin, c'est le cœur plein de gratitude. Cette femme, ces femmes ne l'ont-elles pas accueilli au plus profond d'elle(s)-même(s) sans question, sans hésitation, sans conditions ? Ce sont elles, les femmes, qui suspendent l'errance des hommes, cet exil qui n'a pas de fin.

Si le fils de l'homme n'a pas où reposer sa tête, elles sont là pour créer l'illusion d'un retour. Elles tiennent l'auberge dont les murs sont de chair et de palpitation, où toutes les serrures finissent par céder sous la poussée du râle. C'est grâce aux femmes qu'il est possible sur cette terre de rentrer à la maison. Un court instant du moins – et de mourir de temps à autre sans devoir chaque fois le payer de sa vie.

Et les jours passent.

Et au fur et à mesure que le vieux temps s'écoule et quitte la vasque, du temps neuf y coule et l'emplit, si bien que la quantité de temps reste la même, toujours la même, et que la vasque est toujours pleine.

L'instant présent ne cesse d'abonder.

Au bout d'un an, jour pour jour, Fariadin revient auprès de Tara.

Elle l'accueille sur son cœur sans un mot.

Il y a désormais entre eux une liberté sur laquelle on ne revient plus. Ils se sont redevenus tout juste assez étrangers pour s'étonner l'un de l'autre et pour que, dans l'intimité même, palpite encore la semence du mystère.

Mais l'histoire ne se termine pas le doigt sur la bouche. Elle veut un coup de théâtre.

Dès son retour, Tara révèle à Fariadin que les trois femmes dans les trois villes n'en étaient en vérité qu'une seule : elle-même ! C'est elle qui a mis en scène et joué avec le succès que l'ont sait ces rencontres fortuites.

Bravo pour l'actrice.

Cette version lisse et glacée comme le plastron d'une chemise ne laisse, je le crains, rien présager de bon : elle montre la victoire de la ruse fémi-nine et de l'audace, un génie auquel ne manque qu'un vacillement, un léger désastre pour le ren-dre aimable. Fariadin ne se sera-t-il pas senti leurré, filé, floué ? Pour échapper à cette femme qui occupe toutes les places, tire tous les fils, il est vraisemblable qu'il ait été contraint de reprendre la route.

Par ailleurs, et cela n'est contradictoire qu'en surface, je ne doute pas que ces trois femmes aient bien été la sienne.

Ce dont je doute, c'est qu'il ait fallu Tara pour cela.

Si Tara s'est vraiment mise en chemin, sa grandeur n'a pas été sa ruse. Sa grandeur est d'avoir laissé Tara derrière elle pour devenir celle qui n'a pas de nom et qui s'ouvre au voyageur à la croisée des routes. Tant de visages dorment et rêvent sous le masque de l'épouse !

J'aime à penser que ce n'est pas Tara qui a parlé et que Fariadin a deviné lui-même que, sous la multiplicité des apparences, il a rencontré la même, chaque fois davantage la même, sa femme, la Femme. Que chacune n'a été qu'un voile soulevé, une pelure ôtée, l'absence translucide du cœur dans tout oignon ; l'absence de la Femme au cœur de toute femme. N'a-t-il pas touché, dans les errances de l'infidélité, le noyau de la fidélité, le centre lumineux où toute fuite nous ramène ?

L'histoire donne son suc tout à la fin. Que Fariadin n'ait pu échapper à Tara reste insignifiant. C'est à l'Épouse que l'Époux n'échappe

pas. Leurs arcanes se célèbrent quand les identités construites volent en éclats.

En changeant de nom, de lieu et de
conscience, ne sont-ils pas parvenus là où tout
endroit qui se laisse visiter est nulle part, où tout
être est pur passage ?

Sans les arbres dans lesquels il joue, le vent
resterait invisible.

Ainsi des époux et de l'amour.

9

Famille

Famille. « Personnes unies par le sang et l'alliance » (Bersuire 1352-1358).

Un long silence.

Immense gloire et désastre de nos vies

Dans un seul mot : famille.

A le prononcer, c'est comme si à l'intérieur de la poitrine, sous la pression de tout un troupeau, les portes de la bergerie cédaient – et que, d'un seul coup, toutes les émotions tenues soigneusement enfermées déboulaient dans la grêle des sabots et dévalaient les collines du cœur...

Un long moment, oser sentir ce qui se passe en toi.

Sans pensée, sans commentaire, sans jugement.

Seulement sentir.

Où agit-elle dans ton corps, la mémoire ? Où rencontre-t-elle obstacle ? Où un tiraillement ? Où une brûlure ? Où une douleur ? Ta respiration s'est-elle modifiée ? Ta manière d'être là en cet instant ? Famille ? Éboulement silencieux des entrailles, stigmates muets, crampe aux épaules, miel aux alvéoles du cœur, rugissement des sources souterraines, déserts de pierre ?

« Où est ma mort ? demande un adepte au maître.

– Sous tes pieds ; tu es debout sur elle », répond le maître.

Ainsi de la famille
Elle est sous tes pieds
Tu es debout sur elle.
Bon gré, mal gré.

Que tu aies eu une famille ou qu'elle t'ait été refusée, son pouvoir reste le même.

Célébrés ou avortés, les vieux rêves sont en nous. Indélébiles.

Être ensemble autour d'une table dressée.

Ensemble.

Comme autour d'un feu.

Sur chaque assiette, dans chaque verre, soigneusement roulé dans chaque rond de serviette, sel dans la salière et sucre dans le sucrier, bougie dans le chandelier, pain dans la corbeille, vin dans la carafe, partout sous toutes les apparences dans le pli de la nappe, au bout des fourchettes, au creux des cuillères, sous la lame des couteaux dans l'explosion de mille formes, partout, huile et vinaigre, pomme et poire dans la coupe, miettes sous la table : l'amour partagé mangé et bu ensemble. Et dans chaque bouchée que tu portes à ta bouche, dans chaque gorgée sur la langue, une certitude : tu es aimé(e) !

Laisse-nous pleurer le plus vieux rêve, laisse-le-nous rire, laisse-le-nous grelotter, laisse-nous nous y brûler les doigts, laisse-le-nous danser et le prendre sur les genoux, le plus vieux rêve ! Être aimé(e). Sans raison Sans mérite. Comme ça.

Au milieu d'eux.

Ensemble.

La famille, quand elle est vivante, elle est l'inespéré.

Ce qui s'y passe n'a pas d'explication.

Non que tu sois soudain à l'intérieur de son orbe quelqu'un d'autre ; tu es le même.

Mais l'énigme est ailleurs.

Elle est dans la magie du kaléidoscope.

Au départ tu as des morceaux de verroterie de toutes les couleurs.

Puis un cylindre de carton fermé d'un côté et ouvert de l'autre sur un rond de verre. Et par l'habile disposition d'un petit miroir angulaire le long du cylindre, voilà que surgit la merveille des merveilles : cette rosace rutilante qui se fait et se défait quand tu tournes lentement l'objet entre tes doigts.

Si tu cédais à l'envie de le démonter, tu ne

trouverais que des morceaux de verre colore, un éclat de miroir, soit un petit tas de débris, rien de plus.

Ainsi la famille.

Au départ tu as des êtres tout dépareillés – petit, grand, maigre, gros, beau, moins beau, jeune, vieux – comme les morceaux de verre de toutes les couleurs.

Mais l'essentiel c'est la forme qui les recueille, le contenant, le fourreau d'une simplicité extrême qu'il faut seulement tenir dans la lumière, levé vers le ciel, pour qu'il fasse miroiter sa magie.

L'ordre est à l'amour ce que le cylindre de carton est au kaléidoscope : le support du mystère, sa condition. Sans contenant, le contenu coule au sol et se perd.

L'homme, la femme et l'enfant.

Les enfants.

Les grands-parents, la famille agrandie...

On peut l'aimer, cette constellation.

Ou la haïr.

Saigner de ses blessures.

En mourir.

Rien n'en est changé.

Elle est sous tes pieds.

Tu es debout sur elle.

C'est par elle que tu es debout.

En créant une famille, ne sommes-nous pas appelés à réactualiser le mythe fondateur ?

Agir comme si cet homme et cette femme que nous sommes étaient les tout premiers et que tout dépendait d'eux ?

Et le plus étonnant, c'est que tout dépend *vrai- ment* d'eux.

Nous sommes appelés d'urgence à oublier ce que nous avons pu entendre, invités à traverser le brouillard des mises en garde, des récits de naufrage, le *fog* du mépris, de la dépréciation, à *commencer* tout simplement.

Ce n'est pas même la réussite qui importe.

C'est la tentative.

C'est elle qui crée, active les champs de conscience, les ensemence.

Que celui qui sème ne soit pas toujours celui qui récolte importe peu. N'avons-nous pas suffisamment récolté tout au long de nos vies le fruit d'autres labeurs ?

Ce qui importe avant tout, c'est le soin que nous aurons pris de cette célébration.

Que le mépris qui pèse aujourd'hui sur les choses les plus sacrées ne nous décourage pas. Aussi longtemps qu'elles continuent à nous être sacrées, elles survivent.

Dans le reliquaire d'une seule mémoire, elles traversent le désert des temps.

L'espoir des mondes créés repose sur l'homme et sur la femme qui s'aiment – et qui commencent leur œuvre. Simplement.

Et les enfants ?

Les enfants, eux, n'ont vraiment besoin que d'une chose.

Pas d'un amour braqué sur eux comme une arme blanche. Seulement de grandir dans l'orbe de l'amour d'un homme et d'une femme.

Une fois, à la fin d'une conférence, une très vieille dame est venue vers moi, émue :

« J'en mets ma main au feu, m'a-t-elle dit, vos parents s'aimaient. »

J'avais sa main toute menue dans les miennes et avec elle j'ai pleuré.

Cette nuit de mon enfance a peut-être été aussi une nuit de ton enfance ?

Ou aurait pu l'être.

Il arrive que la nuit ait dissimulé pour toi dans toute sa noirceur un joyau et qu'elle s'approche de toi et te le tende !

Tu le mérites bien !

Si souvent tu as respiré l'épouvante dans chaque parcelle de l'air. Le silence dans le couloir, dans la cage d'escalier, le silence du mur de gauche, le silence du mur de droite. Et le silence derrière les carreaux de la fenêtre où tu dors seul(e).

Et voilà que cette nuit-là, toute menace est conjurée.

Ils dorment auprès de toi !

Ton père et ta mère.

Ils ont transporté ton matelas près de leur lit parce que tu es malade.

Cette bénédiction !

Comme une barque accotée à un grand voilier, tu oscilles doucement dans le roulis de leur sommeil.

Tu ne dois surtout pas dormir ! dit une voix. Goûte cette nuit ! Inscris-la à tout jamais dans ta mémoire. C'est la nuit de la transmission. Tu ignores de quoi. Sans cette transmission de tu ignores quoi, tu resterais à tout jamais creux et vide. Quelque chose est en train de passer qui donnera à ta vie son sang, son sens.

Ils dorment.

Eux qui voulaient veiller sur toi dorment.

Et c'est toi qui veilles sur tes parents endormis.

Tu les entends respirer, elle, ta mère, très doucement comme les toutes jeunes femmes respirent, et lui, ton père, dans un continuo plus grave. Et leur souffle tisse un invisible cocon protecteur à ce vermisseau que tu es dans la blancheur bien tirée du drap dont n'émergent que deux yeux grands ouverts. Tu te gardes de bouger.

Cette nuit-là, tout est à sa place sur cette terre. Tu ne veux surtout rien déranger, et tu retiens ton souffle. La nuit *dehors* écrase le nez aux vitres pour voir *dedans*, mais la pièce est plongée dans l'obscurité bénéfique du sommeil. La dangereuse dérive d'un lit où dort un enfant seul dans une chambre lointaine est abolie !

Ils sont grands quand ils dorment, les parents.

Ils redeviennent roi et reine comme ils l'étaient au tout début. Ils n'ont plus besoin de justifier leur existence en travaillant, en faisant la cuisine, en t'aidant à faire tes devoirs, en se souciant de l'avenir. Ils n'ont plus besoin de rien. Il n'y a plus de temps, plus de lieu. Toute image a fondu : ils sont.

Ils sont rempart contre l'abîme des nuits.

Ils respirent.

Et tu sais que tu es sauvé.

Et que même si tu devais mourir cette nuit, tu es sauvé.

10

La lignée

Quand Bernhardt voulut épouser Julia, il ne le put car il n'avait pas la somme nécessaire requise par la tradition pour la cérémonie du mariage – ni pour obtenir, sous l'Empire, l'autorisation de fonder un foyer.

Il se souvint d'un oncle dont sa mère lui avait parlé avant de mourir et qui était riche et généreux.

Après maints périples, il trouva son adresse et vint en l'an 1897 à Budapest, accompagné de sa fiancée, sonner à son perron.

Nombreux sont ceux qui disent : on ne peut pas aider tout le monde, et n'aident personne.

Mais cet oncle leur ouvrit la porte et les enveloppa tous deux d'un regard bienveillant. Il vit la limpidité de leur détermination et sa lumière. Il reconnut dignes d'aide ces jeunes gens qu'il n'avait jamais vus auparavant. De derrière un poêle, il sortit un réticule rempli de pièces d'or, leur compta trente ducats.

Puis il prononça à voix haute et claire la formule consacrée :

« Que votre union soit bénie, à travers votre descendance et jusqu'à la fin des temps. »

Bernhardt promit de restituer la somme dans les cinq ans qui suivraient. Il fut en mesure de le faire au bout de deux ans. La petite menuiserie qu'il fonda ne tarda pas à se transformer en une importante fabrique où travaillaient avant la guerre plus de deux cents ouvriers.

Je suis la petite-fille de Bernhardt et de Julia. Nous les avons rencontrés tout au début du livre, à Lyon, au fond d'un couloir. Leur lignée est la seule à avoir survécu au IIIe Reich.

Quelque temps avant sa mort, mon père bien-aimé m'a raconté cette épisode. Longtemps il a cherché dans sa mémoire l'ancienne formule, l'extrayant mot à mot de la pierraille de ses mémoires :

« ... à travers votre descendance et jusqu'à la fin des temps... »

En écrivant ces paroles, je sens la chaleur de cette bénédiction ruisseler dans mon dos jusqu'au sacrum.

La remémoration de cet épisode si longtemps enseveli avait mis mon père dans une grande émotion.

Nous étions dans un café du Vieux Port. Le garçon qui nous servait, un jeune homme de cœur, voyant pleurer le vieil homme, s'était approché pour nous offrir son aide.

« Non, lui ai-je dit, c'est maintenant que tout va bien : nous avons retrouvé *la* trace perdue. »

Budapest, 1897.

Si de tous les gestes que j'ai posés sur cette terre, un seul pouvait résonner aussi loin...

Hommes et femmes à qui je dois la vie, je vous sens derrière moi, pendant que j'écris. Toutes vos silhouettes dans mon dos, tous vos visages surgis de l'ombre !

Debout sur la proue du navire, je sais derrière moi votre foule dense, depuis si longtemps soumise au silence de la mort. Ma tendresse, mon intérêt pour vous vous réveillent. Je sens votre houle fervente au-delà de mes épaules. Moi, fille d'Anna et de Franz, petite-fille de Bernhardt et de Julia, de Franz et de Maria, petite-fille de Sally et de..., d'Anna et de... Déjà le vent emporte vos noms. Déjà mon ignorance n'est plus en mesure de vous les rendre.

Et pourtant votre foule bienveillante est là – chaleureuse, bruissante, multiple, toujours deux à deux dans la chaîne ininterrompue des générations. Amants, lumineux amants, époux, épouses, au-delà des désastres et des gloires de la vie, au-delà des naufrages et des déchirements, au-delà de tout ce qui a étouffé la louange, – je vous perçois, je vous entends, murmure de forêt, hommes et femmes dont je suis pour un temps limité la porteuse de mémoire. Foule silencieuse. Merveille de vos fidélités, de vos engagements ! Merci à vous de n'avoir pas laissé se rompre la chaîne, se dénouer le long cortège de la loyauté qui vient du fond des temps et va disparaître à l'horizon. J'ai transmis à nos fils ce que j'avais reçu de vous.

Je vais sous peu rejoindre votre troupe immense et m'y fondre. Et je vous dis merci de m'avoir un instant dans la traversée de l'éternité permis d'être votre figure de proue.

Un instant.

Car un court instant interminable, en votre nom à tous, j'ai éperdument aimé vivre.

Conclusion

En arrivant au bout de ces pages une légèreté me prend.

Mon voyage s'est transformé au fil des lignes en simple errance.

La certitude où j'étais autrefois que la réponse de l'énigme m'attendait au bout du chemin m'a quittée.

Je sais que partout ne m'attend que l'énigme.

Elle seule.

L'espoir d'arriver un jour quelque part où me soit servi le thé du sens ultime m'a quittée.

J'erre sans angoisse.

Pire encore : sans déplaisir.

Je n'ai même plus honte de balbutier.

Ni de n'avoir pas raison.

Toutes les opinions, tous les édifices de croyance ont leur éclairage, leur temps.

Dans mon village, à Rastenberg, il y avait

autrefois trois auberges où les postillons des diligences en route vers Prague changeaient les chevaux.

Une seule de ces auberges est encore ouverte – ce qui pour trente habitants n'est déjà pas si mal.

Nos systèmes de croyance sont comme ces chevaux qu'il faut changer – échanger contre d'autres. La route de Prague est trop longue pour un seul attelage.

Ce qui importe c'est de poursuivre la route.

Et de ne pas être saisi d'effroi quand la nature du réel se révèle – quand peu à peu nous est dévoilé que ni l'auberge ni Prague n'existent vraiment, ni les chevaux, ni l'attelage qu'ils tirent.

Seul existe, seul perdure l'Élan.

L'Élan qui nous a fait surgir et nous entraîne.

C'est en laissant le chemin de Vie passer à travers nous que nous aurons rempli notre contrat.

*Le flashage de cet ouvrage
a été réalisé par l'Imprimerie Bussière
l'impression et le brochage ont été effectués
sur presse Cameron dans les ateliers
de Bussière Camedan Imprimeries
à Saint-Amand-Montrond (Cher),
pour le compte des Éditions Albin Michel.*

Achevé d'imprimer en mai 2002.
N° d'édition : 20870. N° d'impression : 022228/1.
Dépôt légal : mars 2000.